KB078060

THE OMNIPOTENT
BRACELET

전능의 팔찌 2부 1

김현석 현대 판타지 장편소설

초판 1쇄 찍은 날 § 2023년 11월 24일
초판 1쇄 펴낸 날 § 2023년 12월 1일

지은이 § 김현석
펴낸이 § 서경석

총괄팀장 § 황창선
편집책임 § 양준
디자인 § 스튜디오 이너스

펴낸곳 § 도서출판 청어람
등록번호 § 제387-1999-000006호
등록일자 § 1999. 5. 31
어람번호 § 제1-3218호

본사 § 경기도 부천시 부일로 483번길 40 서경B/D 3F (우) 14640
편집부 § 서울특별시 구로구 디지털로 272 한신IT타워 404호 (우) 08389
전화 § 02-6956-0531 팩스 § 02-6956-0532
http://www.chungeoram.com
E-mail § chungeorambook@daum.ne

ISBN 979-11-04-92500-9 04810
ISBN 979-11-04-92499-6 (세트)

전능의 팔찌

2부

THE OMNIPOTENT
BRACELET

김현석 현대 판타지 소설

1

도서출판
청람

전능의 팔찌 2부

THE OMNIPOTENT
BRACELET

목차

1권

Chapter 01   잘못된 귀환 ·· 7

Chapter 02   뭐가 어떻게 된 거야? ·· 31

Chapter 03   다들 왜 이래 ·· 5?

Chapter 04   평범하게 살아보기 ·· 81

Chapter 05   알바를 시작하다 ·· 105

Chapter 06   노래하세요 ·· 129

Chapter 07   한국인이 아니라고? ·· 153

Chapter 08   음반 내실래요? ·· 177

Chapter 09   모두 거둬들여! ·· 201

Chapter 10   적폐(積弊) 거덜 내기 ·· 225

Chapter 11   Y-엔터의 시작 ·· 249

Chapter 12   엥? 그게 진짜예요? ·· 273

Chapter 13   이제 믿을 만해요? ·· 297

Chapter 01

—

잘못된 귀환

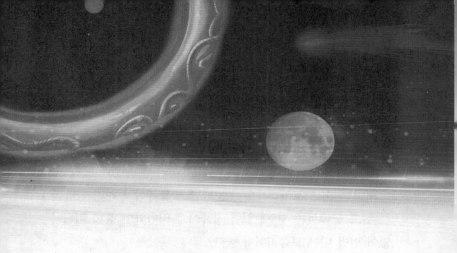

추릇, 추르르르릇—!

섬광과 더불어 공간의 한 부분에서 야릇한 소리가 솟아난 다그와 동시에 희뿌연 연기 같은 것이 뿜어진다.

섬광탄과 연막탄을 동시에 터뜨린 것 같은 모습이다.

이곳은 강원도 삼척과 태백 사이에 걸쳐 있는 백두대간의 한 줄기로서 북(北)으로는 청옥산과 두타산이 있고, 남(南)으로는 함백산과 태백산이 있는 덕항산의 깊은 곳이다.

등산로와 뚝 떨어진 이곳은 일 년 내내 인적이 없다.

그래서 그런지 겨우내 내린 눈이 고스란히 쌓여 있어 태고의 모습과 같다.

차르르르르~!

시야를 가리던 희뿌연 연막과 눈부신 섬광이 흩어지자 한 번도 본 적 없는 복색의 사내가 나타난다.

올해 2,961세가 된 김현수이다.

이 나이라면 백골이 진토가 되어도 여러 번 되었어야 한다.

백번, 천번 양보하더라도 호호백발은 물론이고 허리까지 잔뜩 굽고 눈에서는 쉴 새 없이 진물이 흘러나와야 하며 기력이 없어 벌벌 떠는 모습이어야 한다.

다시 말해 다 죽어가는 모습이어야 한다. 그런데 현수는 25세 정도 된 청년처럼 보인다.

대지의 여신인 가이아의 가호와 여러 번에 걸친 바디체인지가 있었지만 현수의 수명은 1,500년 정도가 전부였다.

그럼에도 이 나이가 되도록 이토록 쌩쌩할 수 있는 것은 두 존재가 남긴 유산 덕분이다.

실버 드래곤 '쿠리마드리안' 과 골드 드래곤 '켈레모라니' 의 사체로부터 얻은 두 개의 드래곤 하트가 있었기에 두 번의 바디체인지를 더 경험할 수 있었다.

쿠리마드리안의 사체는 드래곤 로드 옥시온케리안과 '모켈레 무뱀베[1]' 의 사체와 맞교환하여 얻은 것이다.

켈레모라니의 드래곤 하트는 숲의 요정 아리아니로부터 후계자 인정을 받은 덕분에 사용할 수 있었다.

---

1) 모켈레 무뱀베 : 콩고민주공화국 정글에 서식하던 용각아목공룡

진즉에 깨달음을 얻었기에 서클 수는 가늠할 수 없는 경지에 올랐고, 수명은 5,000년으로 늘어났다.

앞으로도 2,039년은 더 살 수 있게 된 것이다.

39년 후인 3,000살이 되면 26세로 보이게 될 것이고, 이후 매 40년이 지날 때마다 한 살씩 더 먹은 모습이 된다.

어쨌거나 현수는 사랑하는 아내들과 오래도록 행복한 삶을 살았다.

10서클 부활마법인 '리절렉션' 을 창안해 낸 덕분이다.

이는 '카트린느[2]' 를 납치한 9서클 리치 '아무리안 델로 폰 타지로칸' 을 제압하였을 때 얻은 네크로맨서 계열 마법서가 있었기에 창안할 수 있었다.

그 결과 권지현은 1,282살, 강연희는 1,264살, 이리냐는 1,276살, 백설화는 1,279살, 테리나는 1,281살까지 살 수 있었다. 리절렉션 뿐만 아니라 현수에 의해 바디체인지를 두 번이나 더 경험한 결과이다.

지구보다 훨씬 마나 농도가 짙은 저쪽 세상 여인들은 훨씬 더 오래 살았다.

아르센 대륙의 카이로시아, 로잘린, 스테이시, 케이트, 다프네는 2,200년 남짓 살았다. 대지의 여신 '가이아' 와 그 짝인 전쟁의 신 '데이오' 가 가호를 베푼 덕분이다.

---

2) 카트린느 조세핀 반 피리안 : 아드리안 공국의 변경백인 레더포드 아물린 반 피리안 백작의 손녀

콰트로 대륙의 로즈, 마샤, 나오미, 이사벨, 아그네스, 아이리스, 소피아도 1,500년 남짓한 생을 살았다.

마인트 대륙의 싸미라, 아만다, 스타르라이트, 도로시, 말라크, 안젤라, 파티마도 1,500년 가까운 삶을 살다가 세상과 하직했다.

나중에 아내로 맞이한 엘리시아 나후엘 드 율리안과 쥴리앙도 1,500년 가까이 살았지만 하일라 토들레아만은 1,000살을 채우지 못하고 998살에 삶을 마감했다.

자연에 순응하는 것이 율법인 숲의 종족답게 리절렉션 마법을 거부한 결과이다.

그러는 동안 현수는 손자의 손자의, 증손자의 증손자의, 고손자의 고손자들까지 세상을 떠나는 모습을 보았다.

처음엔 부활마법으로 살려내기도 하였으나 증손자 이후부터는 자연스런 삶을 살도록 했다.

오래 산다고 반드시 행복한 것은 아니기 때문이다.

어쨌거나 모든 아내들과 영원한 작별을 고한 이후 현수는 고독한 삶을 살았다.

언제든 마음만 먹으면 세상의 어떤 여인이든 품을 수 있는 위치에 있었지만 오욕칠정을 애써 끊어낸 결과이다.

현수는 지구 역사상 가장 많은 부(富)를 이룩하였고, 가장 넓은 영토를 실제로 다스렸다.

어디든 현수의 영토가 되면 깊은 정글, 또는 허허벌판이라도 확실하게 상전벽해(桑田碧海)되었다.

그렇게 내실이 다져지자 이실리프 왕국의 영토는 점점 더 넓어졌다.

가장 가까이서 지켜보던 콩고민주공화국과 에티오피아, 그리고 우간다와 케냐가 제일 먼저 편입을 자청(自請)했다.

이실리프 왕국은 어떠한 세금도 없다.

강제징병도 하지 않으며, 국민연금이나 건강보험료도 강제로 징수하지 않는다.

이것만으로도 행복할 텐데 공무원 등의 부정부패가 없고, '갑질'이라는 사회현상도 없다.

이런 짓을 하다 적발되면 그 즉시 재산 몰수 후 공해(公海)로 추방되기 때문이다.

죄질이 나쁘다 판단되면 지옥도, 연옥도, 징벌도, 벌레도 같은 곳으로 보내지고, 가석방 없이 영구히 격리되었다.

학교 폭력 또한 엄한 처벌을 받았다.

나이가 어리다고 봐주는 법 없이 성인과 똑같이 정해진 기준에 따라 처벌된다. 다시 말해 '소년법'이 없다.

예를 들어, 2102년 7월과 8월 사이에 15살 아이들 둘이 다른 아이 하나를 협박하여 30일간 100만 원을 갈취하는 사건이 벌어졌다.

이들에겐 벌금형과 태형, 그리고 징역형이 언도되었다.

벌금은 갈취 금액의 1,000배인 10억 원이다.

가해자가 둘이니 각각 5억 원씩이다. 그런데 자발적 납부를 하지 않아 부모의 재산을 몰수하여 징수했다.

징수된 벌금의 30%인 3억 원은 우선적으로 피해 아동에게 지급되었고, 나머지는 국고에 귀속되었다. 부족한 금액은 1일 5만 원으로 책정된 노역 임금으로 차감했다.

징역형은 협박 기간 하루당 1년씩 계산하여 30년이 언도되었다. 이건 나뉘지 않고 각각에게 내려진 형이다.

이실리프 제국엔 가석방이라는 제도가 아예 없기에 45살이 되어 출옥하였다.

이들은 30년 내내 1일 8시간씩 노역을 했다. 자신들이 먹을 것을 직접 생산해야 하기 때문이다.

태형은 갈취 금액 100만 원에 대해 100원 당 한 대씩이므로 10,000대로 판결되었다. 각각 5,000대씩이다.

하루에 10대씩 500일간 맞는 것으로 판결되었다. 태형의 강도는 2000년대 싱가포르 기준이다.

참고로, 싱가포르에서는 태형을 집행할 때 옷은 모두 벗긴 상태에서 장기 파열을 막기 위해 허리와 배 부분에 두꺼운 가죽 벨트를 채우고 실시한다.

집행 도구는 등나무로 만들며, 길이 1.2m, 두께 3cm이다.

집행자는 체중을 실어 있는 힘껏 때린다. 이들은 교도관이 아니라 무술 유단자들이다.

주로 등판, 엉덩이, 또는 허벅지를 갈기는데 너무 아파서 연속으로 때리면 쇼크사할 수 있기에 한 대를 때린 후 약 5분간 시간을 둔다.

기절하거나 더 이상 때릴 수 없는 상황이 되면 일단 감방에 가뒀다가 나아지거나 아물면 다시 불러 형을 이어간다.

후유증이 심해서 대다수의 남자들은 발기부전에 걸린다. 그 결과 초범은 있지만 재범은 매우 드물다.

이실리프 왕국 또한 같은 강도의 처벌을 가했다. 남녀 구분 없이 똑같은 세기의 태형이 처해진 것이다.

처벌을 피하거나 약한 강도의 처벌을 받기 위해 부모들이 손을 쓰다 걸렸는데 그 즉시 공해로 추방되었고, 영구 입국 금지되었음을 고지하였다.

그럼에도 밀입국하다 적발되었는데 모두 사형에 처했다. 이렇기에 이실리프 제국에선 범죄 행위가 극히 드물다.

어쨌거나 이실리프 제국에선 가족 수에 따라 쾌적한 주거가 제공된다. 4인 가족인 경우엔 전용면적 40평인 아파트, 또는 빌라에 입주할 자격이 부여된다.

아파트의 월 사용료는 2016년 대한민국 기준으로 10만 원이고, 빌라는 8만 원이다.

단독주택의 경우는 집은 같은 면적이지만 마당이 제공되고, 감가상각비가 더 커서 월 12만 원을 내게 했다.

보증금은 당연히 없다. 다만 부주의, 또는 고의 파손의 경우엔 원상 복구에 필요한 비용 전부를 부담하도록 했다.

가족 수가 늘면 더 넓은 집을 제공했는데 급격한 인구 증가를 제어하기 위해 3명 이상의 자녀를 낳지 않도록 권고했다.

땅만 빌리고 그 위에 자비(自費)로 주택을 지을 경우는 토지 사용료 5,000원을 받았다.

아무튼 주거비로 몇 억씩 깔고 있어야 하는 21세기 대한민국 서울과는 사뭇 다르다.

누구에게나 직업이 주어졌는데 인턴이나 수습이라는 용어가 없을 정도로 고용이 안정되었다. 정년퇴직이라는 용어 자체도 없으며, 실업률은 0%에 가깝다.

부가가치세, 특별소비세, 소득세, 상속세, 증여세, 종합부동산세, 교육세, 농어촌특별세 등 일체의 세금이 없기에 물가는 더없이 싸다.

대한민국에선 '전기요금 누진제' 때문에 말이 많았다.

주택용 저압 55kW의 요금은 4,520원인데 10배인 550kW를 사용할 경우 177,020원을 내야 했다. 무려 39배나 된다.

그래서 '전기요금 폭탄'이라는 말도 있었다.

이실리프 왕국에서 이보다 10배 많은 5,500kW를 써도 840원만 낸다.

태양광발전, 핵융합발전, 지열발전, 풍력발전 등으로 전기를 생산하기에 기본적인 선로 유지비만 받는 것이다.

2087년 2월 21일에 이실리프 왕국의 모든 가정에 '선택온도 유지 장치'가 설치되었다. 원하는 온도에 게이지를 맞춰놓으면 그 온도가 유지되는 항온장치이다.

그 결과 보일러와 에어컨이 필요 없게 되었으며, 냉장고와 김치냉장고는 전기를 사용하지 않게 되었다.

다음은 일상용품의 가격 비교이다.

참고로 이실리프 제국에서 공급하는 쇠고기와 삼겹살은 모두 특1등급이다.

항목	대한민국	이실리프
쌀 20kg	36,000	600
계란 30개	6,000	90
한우 등심 1kg	69,000	240
돼지 삼겹살 1kg	18,000	220
생수 2ℓ	500	20
식용유 1.8ℓ	5,780	80
휘발유 1ℓ	1,500	70
2,000cc 승용차	3,000만	120만
자동차 취득세	210만	없음

2016년 1월 1일 기준 (단위 : 원)

이 정도만 해도 살 만한데 환경도 지구에서 가장 쾌적하다.

홍수, 가뭄, 폭풍, 지진 등의 자연재해가 전혀 없기 때문이다.

이는 4대 정령들의 노고 덕분이다.

남과 다툴 일 없는 세상에서 스스로 나가고 싶은 사람은 별로 없을 것이다.

하여 이실리프 제국의 범죄율은 지구에서 가장 낮다.

이런 것을 알게 된 아프리카 각국은 스스로 이실리프 제국에 편입되기를 청했다. 현수의 백성이 되면 차원이 다른 삶을 누리니 당연한 일이다.

2311년 2월 7일 남아프리카공화국에서 국민투표가 실시되었다.

이실리프 제국에 귀속되자는 의견을 물은 것이다.

결과는 93.27% 찬성이다. 반대한 6.73%는 부패한 기득권 세력과 그 하수인들이었다.

이들은 국민투표 이후 국외로 추방되거나 분노한 사람들의 손에 의해 처단당했다. 이보다 먼저 편입된 다른 나라의 사정도 거의 비슷했다.

어쨌거나 남아프리카공화국의 귀속 결정으로 아프리카 대륙 전체가 이실리프 제국의 영토가 되었다.

공용어는 한글이다. 10억 명이 넘는 인구가 한국어를 쓰게 된 것이다.

이보다 50년 빠른 2261년엔 몽골 전체가 이실리프 왕국에 귀속되었고, 러시아 영토는 2288년에 모두 편입되었다.

16개 국가로 분열되어 지리멸렬하던 지나 대륙도 편입되었다. 이때는 한족(漢族) 유전자를 가진 사람들이 모두 사라졌을 때다.

현수는 지구상에 남아 있는 한족과 유태민족을 말살하기 위해 아르센 대륙의 특산물인 쉐리엔과 스위티 클로버 제품군을 이용했다.

특정 유전자를 가진 사람이 복용했을 경우 불임되는 마법을 부여한 것이다. 그 결과 한족과 유태민족의 유전자를 가진 사람들이 모두 사라졌다.

무지막지한 운석 공격에 지리멸렬하던 유태민족은 2100년대 초반에 완전한 멸족을 맞이했다.

바퀴벌레보다도 더 긴 생명력을 가졌을 것이라 여겨지던 한족들은 2200년대 초반에 지구에서 완전히 사라졌다.

그 결과 70억이 넘던 인구는 40억 명 이하로 줄어들었다.

*   *   *

이보다 훨씬 빠른 2054년 3월 16일엔 일본 열도가 바다 아래로 사라졌다. 이때까지도 반성하지 못하던 일본에게 현수가 내린 형벌이다.

이를 위해 땅의 정령왕 노이아가 모처럼 능력을 발휘했다.

사전에 아무런 징후도 없었기에 일본은 속수무책으로 당했다. 그 결과 일찌감치 외국으로 이민을 택한 일부를 제외한 나머지 1억 3,000만 명 전부가 저승의 고혼이 되었다.

　동해안 일대는 강력한 쓰나미에 의한 피해를 입을 뻔했으나 물의 정령왕 엘레이아 덕분에 모면했다.

　이 시기에 카자흐스탄과 우즈베키스탄이 이실리프 제국에 스스로 편입되길 원해서 받아들였다.

　2162년 7월 6일, 대한민국에서도 국민투표가 실시되었다.

　초강대국으로 자리매김한 한반도 북쪽의 이실리프 왕국에 편입되는 것에 대한 의견을 물은 것이다.

　이때는 이실리프 그룹이 대한민국으로부터 완전히 철수한 상태였다. 아울러 모든 기업의 주식도 처분한 후다.

　다시 말해 한국에서의 영향력이 많이 줄어들었을 때다. 그럼에도 결과는 찬성 76.33%였다.

　4명 중 3명꼴로 이실리프의 백성이 되길 원한 것이다.

　이보다 이전인 2017년부터 2050년까지는 경기도 파주시 진서면에 자리 잡고 있는 판문점을 '이산가족 상봉센타'로 사용하였다.

　아울러 이실리프 왕국으로의 이민을 심사하는 장소로도 사용된 바 있다.

　세인들은 모르지만 이곳의 모든 의자엔 '올웨이즈 텔 더 트루스(always tell the truth)' 마법진이 그려져 있다. 하여 쉽게 옥석을 가려 이민을 받아들일 수 있었다.

어쨌거나 선관위로부터 투표 결과를 통보 받은 대한민국 외무장관은 이실리프 왕국 외무장관과 이곳에서 마주하였다.

이 자리에서 투표 결과를 보여주며 이실리프 왕국으로의 편입을 통고하였다.

이에 대한 답변은 단호한 'No' 였다.

당연히 'Yes' 라고 할 줄 알았던 대한민국 외무장관은 벙 찐 얼굴로 '왜?'냐고 물었다. 이에 대해 이실리프 외무장관 은 이렇게 답변하였다.

"우리 왕국은 종교가 백성들의 화합을 해한다 생각합니다. 하여 종교의 자유가 주어지지 않습니다. 누구든 타인에게 전 교를 하면 국외로 추방합니다. 아시죠?"

대한민국 외무장관은 고개를 끄덕였다.

이실리프 왕국으로 이민을 갔다가 되돌아온 인원이 꽤 많 음을 알기 때문이다.

그러자 이실리프 외무장관의 말이 이어졌다.

"그런데 대한민국엔 특정 종교 광신자들이 너무 많습니다. 어느 종교인지는 짐작하시죠?"

대한민국 외무장관이 저도 모르게 고개를 끄덕일 때 이실 리프 외무장관이 입을 열었다.

"게다가 그 종교의 성직자들은 문제가 너무 많습니다. 뉴 스를 보니 성추행 사건도 빈번하더군요."

대한민국 외무장관은 또 저도 모르게 고개를 끄덕였다.

미얀마에서 10대 소녀 17명을 성폭행한 50대 한국인 성직자 때문에 시끄러울 때이기 때문이다.

"그래서 대한민국을 우리 왕국에 편입시킬 수 없습니다."

"끄응!"

대한민국 외무장관이 나직한 침음을 낼 때 이실리프 외무장관의 말이 이어졌다.

"그 종교가 사라지거나 정화되었다 판단되면 그때는 편입을 고려하죠. 이건 아국 국왕 폐하의 뜻입니다."

"네, 알겠습니다."

대한민국 외무장관은 어깨를 늘어뜨린 채 되돌아갔다.

그런데 A.D 4946년이 되도록 대한민국은 이실리프 제국의 일원이 될 수 없었다.

바퀴벌레보다도 번식력 좋은 특정 종교 때문이다.

이후 이실리프 제국에선 대한민국의 편입을 영구히 불허한다고 공표한다.

그 결과 대한민국은 '아시아의 동쪽 끝에 위치한 광신자들의 후진국' 이라는 별칭으로 불리게 되었다.

한때 강력한 동맹국이던 미국은 2089년 6월 15일에 시작된 내전의 결과 8개 국가로 분할되었다.

각각 자기 앞가림하기에도 바쁜 상황이 되었기에 대한민국은 비빌 곳 없는 사고무친한 후진국으로 전락하였다.

어쨌거나 이실리프 제국은 아프리카 대륙 전체와 아시아 대류 거의 전부를 다스리는 나라가 되었다.

인도, 파키스탄, 미얀마, 필리핀, 인도네시아도 편입을 원했지만 받아들이지 않았다.

이들 국가의 범죄율이 너무 높았기 때문이다.

아르헨티나, 칠레, 우루과이, 파라과이, 볼리비아, 페루, 그리고 에콰도르는 이실리프 제국에 병합되었다.

브라질, 베네수엘라, 콜롬비아도 귀속 신청을 했으나 마약 카르텔과 높은 범죄율 때문에 거절되었다.

어쨌거나 남미 대륙의 절반 이상도 이실리프 제국에 속하게 되었다.

역사상 가장 넓은 영토를 가진 국가가 된 것이다.

현수는 황제로 불렸고, 아들딸과 손자손녀들은 일정 면적을 관할하는 자치령의 왕, 또는 영주가 되었다.

이실리프 제국은 처음부터 어느 누구도 넘볼 수 없는 강력한 국방력을 보유하고 있었다.

나머지 국가 모두가 전성기의 미국이라 할지라도 단숨에 전멸시킬 수 있는 능력을 가진 것이다.

핵무기가 많아서가 아니다. 그리고 우주에 떠 있는 함선들로부터 인공운석을 쏠 수 있어서가 아니다.

땅의 정령왕 노이아는 북아메리카 대륙 전체를 수장시키는 데 사흘의 말미를 달라고 했다.

물의 정령왕 엘레이아는 유럽 대륙 전체에 하루 3,000㎜씩

한 달 내내의 물 폭탄을 쏟아낼 수 있다고 하였다.

불의 정령왕 이프리트는 인도와 파키스탄 전역을 사흘간 용암으로 뒤덮겠다고 하였다.

바람의 정령왕 세리프아는 중동 지역 전체를 일주일 내내 시속 500km짜리 태풍으로 휩쓸어 버릴 수 있다 하였다.

참고로 1분 평균 최대 풍속 부문 공동 1위는 1961년의 태풍 '낸시'와 2015년의 허리케인 '퍼트리샤'이다.

시속 345km였다.

세리프아가 언급한 시속 500km짜리 태풍은 지상의 모든 것을 으스러뜨리고 날려 버릴 것이다.

이처럼 4대 정령의 힘만으로도 지구를 정복할 수 있다.

국방력만 대단한 것이 아니다.

이실리프 제국은 비교 대상조차 없는 경제력을 갖췄다.

극(極) 고연비 자동차와 선박, 비행기는 단숨에 세계시장을 장악했고, 항온의류는 유사품조차 없다.

쉐리엔과 스위트 클로버 제품군의 매출도 대단했다.

이 밖에 화장품과 의약품 시장 역시 석권했다. 이것들의 공통점은 경쟁 상대가 없다는 것이다.

농축산물 시장은 이실리프 제국의 뜻대로 좌지우지되었다.

국제 곡물시장 5대 메이저는 미국의 카킬(Cargill)과 아처 다니엘스(ADM), 프랑스의 루이 드레퓌스(LDC)와 아르헨티나의 붕게(Bunge), 그리고 스위스의 앙드레(Andre)였다.

이들은 씨앗에서부터 시작하여 가공식품 · 농약 · 살충제 · 생명공학에 이르기까지 식량과 관련된 거의 모든 분야를 장악하고 있었다.

뿐만 아니라 물류를 위한 선박회사나 저장시설, 운송회사까지 가지고 있어 다른 운송회사나 물류업체가 곡물 거래에 파고들 여지조차 없애 버렸다.

철옹성 같았지만 이들은 2100년이 되기 전에 망해 버렸다.

이실리프 제국에서 내놓는 값싸고 질 좋은 농축산물의 물량공세를 감당할 수 없었던 것이다.

국제석유시장을 장악하고 있던 7대 메이저도 몰락의 길을 걸었다. 엑슨, 모빌, 텍사코, 스탠더드 캘리포니아, 걸프, 브리티시 페트롤리엄(BP), 로열 더취셸이다.

연비가 12배나 향상된 엔진이 등장하면서 수요량이 급감한 결과이다. 그리고 대한민국 등 여러 나라가 석유를 자급자족하게 된 때문이기도 하다.

일련의 상황 덕분에 이실리프 제국은 나머지 국가 전체의 합보다도 더 큰 부자가 되었다.

현수 개인 재산으로만 따지면 세계 2위보다 10억 배쯤 많다. 그러니 손만 뻗으면 이 세상 어떤 여인도 안을 수 있는 위치에 있었다.

그럼에도 현수는 오래토록 수도승 같은 삶을 살았다.

나이가 너무 많아 세사(世事)의 전면에 나설 수도 없는지라 고요히 묵상을 하거나 여러 학문을 깊이 탐구하는 시간을 가진 것이다.

그러는 동안 여러 마법을 창안해 냈다. 그 결과 전능의 팔찌가 없어도 차원이동이 가능하게 되었다.

뿐만 아니라 시공간을 초월하는 마법 또한 창안해 냈다.

이는 타임 슬립이나 타임 리프와는 다른 마법이다.

'Time Slip'과 'Time Leaf'는 시간과 관련되어 있을 뿐이다. SF소설에 등장하는 타임머신과 같은 결과를 낸다.

현수가 창안해 내고 12서클 마법이라 명명한 'Transcend time and space'는 시간뿐만 아니라 공간까지 선택할 수 있는 것이다.

이실리프 제국은 마법과 과학을 융합시켜 가장 먼저 우주로 진출할 수 있었다.

달은 29세기 후반에 완전한 '테라포밍'이 이루어졌다.

참고로 테라포밍은 Terra와 Forming의 합성어이다.

Terra는 '지구'를 뜻하고, forming는 '무언가를 만든다'는 뜻이다. 다른 표현으로 earth—shaping이라 할 수도 있다.

다시 말해 테라포밍은 사람이 살 수 있도록 '지구화' 한다는 것이다.

지구의 과학기술과 현수의 마법이 접목되었기에 다른 국가들이 꿈도 못 꿀 때 이 같은 위업을 달성한 것이다.

어쨌거나 화성은 32세기 후반에, 목성의 위성인 '유로파'는 38세기 중반에 테라포밍이 끝났다.

토성의 '타이탄'과 '엔셀라두스'는 31세기 초였다.

이것들 모두는 이실리프 제국의 영토로 선언되었고, 각각의 행성 또는 위성엔 이실리프 제국을 상징하는 각종 건축물이 지어졌다.

현수는 오랜 참오 끝에 텔레포트 마법을 업그레이드한 공간 초월 마법을 만들어냈다.

그 결과 우주선 없이도 테라포밍된 영토와 지구 사이의 물자 이동이 가능해졌다.

덕분에 자원 고갈을 염려하던 목소리는 완전히 사라졌다. 사람들의 왕래 또한 포탈이 이용되었다.

이후엔 예전처럼 선두에 서서 지휘하는 입장이 아니었기에 현수는 유유자적한 삶을 살았다.

그러던 중 새롭게 편찬된 역사서들을 읽게 되었다. 후손 중 한국 역사를 전공한 녀석이 바친 것이다.

100년 단위, 세기별로 엮여 있었는데 20세기 편과 21세기 편의 내용을 가장 흥미롭게 읽었다. 이실리프 제국이 가장 빠르게 성장하던 시기인 때문이다.

이것을 읽던 중 한 부분이 현수의 눈살을 찌푸리게 만들었다. 곰곰이 생각해 보니 별거 아니라 생각하여 간과하고 넘어간 것 때문에 많은 사람들을 불편하게 했다.

'그때 그러지 않았다면' 하는 후회의 마음이 들자 개입하기로 마음먹었다. 하여 시공간초월 마법을 구상한 것이다.

이때는 화성 전체를 다스리는 황제궁에 머물고 있었다.

테라포밍이 끝나 원시지구와 같이 청정한 자연환경을 갖게 되었기에 지구를 떠나 있었다.

이곳에서 지구로 텔레포트 했다가 다시 타임슬립 마법으로 움직이면 되지만 귀찮고 번거로웠다.

게다가 시간도 널널했기에 시도한 일이다.

가장 먼저 앱솔루트 배리어 마법진을 가동시켰고, 내부로 들어가 타임 딜레이 마법도 구현했다.

무언가를 고심할 때의 습관이다.

예전과 달리 마나 효율이 상당히 개선되어 내외부의 시간 흐름은 900 대 1이다.

2015년쯤과 같은 양의 마나를 사용하지만 이전보다 무려 다섯 배나 좋아진 것이다.

현수는 이 안에 들어가 닷새를 머물렀다.

외부 시간이 이러하니 내부 시간으론 약 4,500일이다. 지구 시간으로 따지면 12년이 넘는 기간을 머문 것이다.

전능의 팔찌 안쪽에 새겨진 브레인 리프레쉬 마법 덕분에 현수의 IQ는 측정 불가할 정도로 높아졌다.

500년쯤 전에 만들어진 IQ 측정기로 쟀을 때 1,200쯤 된다는 말을 들었다. 현재는 2,500 정도로 추측하고 있다.

Chapter 02

—

뭐가 어떻게 된 거야?

2017년에 발표된 세계 최고의 IQ 1위는 윌리엄 제임스 사이디스(William James Sidis, 1898~1944년)이다.

직접 측정한 적은 없지만 사이디스가 남긴 숱한 연구 성과에 따르면 IQ 250~300 정도로 추측되었다.

역대 2위는 IQ 230인 테렌스 타오(Terence Tao, 1975년~)이다.

13살에 국제수학올림피아드에서 최연소 금메달을 획득했고, 20살엔 프린스턴 대학원에서 박사 학위를 취득했다.

24살엔 UCLA 수학교수로 임명되었는데 최연소였다. 그리고 2006년에 '필즈상'을 수상하였다.

현수는 이런 이들조차 둔재로 만들 정도로 까마득하게 높은 IQ를 가졌다.

그럼에도 12년이 넘는 세월이 필요했던 것은 신개념 마법을 만드는 것이 그만큼 어려웠음을 의미한다.

"하하, 하하하! 드디어 완성했다!"

현수는 허공에 둥실 떠 있는 이실리프 마법서를 보며 통쾌한 웃음을 터뜨렸다.

여기엔 스승인 멀린의 마법보다 현수가 직접 창안해 낸 마법이 월등히 많이 기록되어 있다.

예전엔 1서클 마법이 20여 가지 정도였는데 지금은 140가지가 넘는다. 2서클 이상인 마법도 마찬가지이다.

스승의 마법들도 상당히 많이 개선시켰다. 예전엔 마나 효율이 89~92% 정도였는데 지금은 99.8%까지 올려놓았다.

어쨌거나 현수는 성취감에 고양되어 기분 좋은 웃음을 연발했다. 그러다 문득 떠오른 생각이 있다.

"흐음! 가기 전에 준비를 해야겠지? 근데 뭐가 필요할까?"

현수는 다시 며칠간 고심하였다.

서기 4946년에서 2013년으로 가려 마음먹었는데 어찌 준비할 것이 없겠는가!

화성에서 지구로, 그리고 무려 2,933년이나 거슬러 가야 한다. A.D. 2018년을 기준으로 −2,932을 해보면 B.C. 916년으로 점프하는 것이다.

문물이 발달된 대한민국에서 갑자기 고구려 건국(B.C. 37년)보다 876년이나 이전인 고조선 시대로 가는 것과 같다.

컴퓨터와 인터넷, 그리고 휴대폰이 당연하던 시절에서 갑자기 청동기 시대로 가는 것이다.

르까프나 프로스펙스 운동화를 신고 해진 청바지에 티셔츠, 그리고 선글라스를 끼고 돌도끼와 비파형동검을 쓰고 있는 고조선 시대로 가면 어찌 되겠는가!

하여 가지고 있는 옷 중 가장 오래된 것들을 골라냈다. 그럼에도 시대가 맞지 않는다.

하여 컴퓨터로 대충 2013년에 유행했던 캐주얼 웨어를 상상한 후 만능제작기로 만들었다. 3D 컴퓨터와 비슷한 개념인데 제작하려는 것의 재질 또한 선택할 수 있는 것이다.

대강 준비를 하는 동안 현수는 'Transcend time and space' 마법을 점검하였다. 조금이라도 잘못되면 시공간의 미아(迷兒)가 되거나 소멸될 수 있기 때문이다.

"좋았어. 갔다 오자. 'Transcend time and space'!"

차츳! 츠츠츳!

화성에 자리 잡고 있는 이실리프 황제궁 심처의 한 곳에서 섬광과 더불어 작은 소음이 터져 나왔다.

마법에 의해 처음으로 시공간이 열리는 현상이다. 그렇게 작은 소음이 이어지더니 끝맺는 소리가 터져 나온다.

파아아아앗—!

소음과 함께 황제궁에 있던 현수의 신형이 사라졌다. 그리고 2~3초가 지났을 때 덕항산에 모습이 드러났다.

*   *   *

"어라? 이상하다. 여긴 어디지?"

목표한 곳이 아닌 듯싶어 약간 어리둥절한 표정으로 사방을 둘러보던 현수는 살짝 이맛살을 찌푸렸다.

"흐음! 왜 이런 곳으로 왔지? 그나저나 산속인 것 같은데 공기가 텁텁하군. 하긴……."

어찌 화성의 맑은 공기와 비교하겠는가 싶어 나직이 중얼거리고는 방향을 가늠하려 하늘을 바라보았다.

국자 모양을 한 북두칠성과 알파벳 W 자 같은 카시오페이아자리의 중간쯤 위치한 북극성이 보인다.

방위 구분이 가능해진 것이다.

"좋아, 플라이!"

말이 떨어지기 무섭게 중력을 무시하고 둥실 떠오른다. 그런데 점점 더 높이 올라간다.

지표로부터 대략 700~800m 정도 오르는가 싶더니 어느 순간 신형이 사라졌다.

파앗―!

서쪽을 향한 고속 비행 마법이 구현된 결과이다. 그렇게 약간의 시간이 흘렀다.

*　　　　*　　　　*

"크으음, 도저히 안 되겠군."

땅으로 내려서던 현수의 입에서 흘러나온 중얼거림이다.

"공기가 너무 더러워. 그나저나 여긴 어디지?"

이름 모를 건물 옥상에 있는 현수의 눈에 어렴풋한 기억 속 로고가 떠었다.

"뭐더라?"

너무 오래되어 기억이 가물가물하지만 24시간 영업을 하는 대형 할인마트 중 하나라는 것이 떠올랐다.

"아, 이마트! 간판 한번 투박하네."

고개를 끄덕이고는 옥상 난간을 짚고 아래를 내려다보았는데 짙은 어둠에 잠긴 곳이 보인다.

"흐음, 10층쯤 되려나? 좋아, 플라이!"

둥실 떠오른 현수의 신형이 지표를 향해 내려간다.

마치 엘리베이터를 타고 내려가는 듯 일정한 속도이다.

자유 낙하라면 중력 가속도가 붙어 점점 빨라져야 하는데 그렇지 않다는 뜻이다.

건물의 그림자가 만드는 짙은 어둠에서 벗어난 현수는 벽에 걸린 대형 걸개를 바라보았다.

2016년 설날시즌 대박세일!

사내는 고개를 갸웃거리며 중얼거린다.

"쩝! 날짜 계산도 잘못한 건가?"

계산이 맞았다면 2013년 4월 24일 자정에 경기도 구리시 우미내길 12—71번지 옥상에 도착해야 한다.

그런데 덕항산에 당도했고, 2016년이다.

장소는 다를 수 있다. 덕항산과 우미내길 12—71번지의 좌표가 딱 한 글자 차이이기 때문이다. M을 N이라 입력했으면 이런 결과가 발생할 수 있었다.

그런데 시간은 달라서는 안 된다. 뭔가 착오가 있거나 계산식에 문제가 있었다는 뜻이다.

"끄응! 미치겠군."

나직한 침음을 낸 현수는 고개를 두리번거렸다. 기왕에 이렇게 되었으니 날짜라도 제대로 확인하려는 것이다.

지나가는 사람에게 물어보니 오늘은 2016년 1월 25일이라 한다. 그나마 다행이다.

"뭐, 나쁘진 않네. 2013년보다는 나을 때이니."

현수는 고개를 끄덕였다. 긍정의 의미이다.

이곳에 온 목적은 이 시기를 살고 있는 본인에게 충고의 메시지를 전하기 위함이다.

자신이 대수롭지 않게 여기고 간과한 일 때문에 훗날 큰 참사가 벌어지게 되었다. 그로 인해 여럿이 죽거나 다치는 일이 벌어졌다.

사망자 중에는 현수의 손자와 손녀도 있었지만 이실리프 메디슨 민윤서 대표의 손자도 있었다.

이실리프 어패럴 박근홍 사장의 손녀는 오른팔과 오른다리를 잃었고, 이실리프 상사 민주영 회장의 손녀는 심각한 화상을 입었다.

그 일 때문에 권지현과 강연희 등이 상당히 슬퍼하고 마음 아파했다. 현수와 연락이 되었다면 사망도 불구도 모두 면할 수 있었을 것이다.

그런데 이때 현수는 연락을 끊고 멀리 놀러 가 있었다. 하여 50년이 넘도록 둘의 원망을 들었다.

이런 일이 발생하지 않도록 개입하려고 귀환한 것이다.

2013년의 김현수가 충분히 해결할 수 있는 일이었으니 2016년의 김현수는 더 쉽게 문제를 처리할 수 있을 것이다. 훨씬 더 높은 경지에 있을 것이기 때문이다.

현수는 과거의 자신이 메시지를 명확히 수신하게 되면 곧장 귀환할 생각이다.

같은 시각, 같은 공간에 같은 존재가 함께 있으면 인과율 문제가 발생될 수 있음을 알기 때문이다.

"그나저나 이때 내가 뭘 하고 있었지?"

기억을 더듬었다. 거의 3,000년 전의 일이라 가물가물했다. 아무리 머리가 좋아도 이런 것까지 기억할 수는 없다.

결국 김현수 자서전을 꺼내 들었다.

한때 지구 최고의 매출을 올린 책이다.

2100년쯤 현수는 본인이 마법사라는 것을 인정했다.

이때 나이가 115세였다. 그럼에도 여전히 25세로 보였고 팔팔했다.

114살인 권지현은 23세, 113세인 강연희는 22살로 보였다. 손자손녀들이 즐비함에도 이러니 할 수 없는 일이다.

다들 놀라기는 했지만 감히 현수를 어쩌려는 시도는 없었다. 그러기엔 너무 거물이 된 까닭이다.

어쨌거나 현수의 두툼한 자서전은 2110년 7월에 출간되었다. 그리고 곧장 베스트셀러가 되었다.

인류 최고의 베스트셀러라던 성서의 총매출을 뛰어넘는 데 불과 2년이 걸렸을 뿐이다.

예전의 기록을 보면 성경은 60억 권 이상 팔렸으며, 300년 간 베스트셀러 1위였다. 그런데 현수의 자서전은 1,600억 권 이상 팔렸으며, 2,000년 이상 1위 자리를 고수했다.

인류 역사상 최고의 베스트셀러인 셈이다.

"흐음, 어디 보자, 어디 보자. 윽! 이때는?"

2016년 1월 25일의 현수는 멀린의 레어에 있다.

아르센력 2856년 5월 1일에 현수는 마인트 대륙에서 혈전을 벌였다.

100명이 넘는 9서클 흑마법사와 300명이 넘는 8서클 흑마법사들에게 포위된 채 벌인 격전이다.

9명의 9서클 마스터 리치가 있었는데 이들을 상대하느라 마나의 절반을 쓴 것이 패착이었다.

죽음의 위기가 다가온 순간 '전능의 팔찌'에 새겨진 오토워프 마법이 구현되었다. 팔찌의 주인이 위기에 처하자 마인트 대륙에서 멀린의 레어로 강제 이송된 것이다.

그곳에서 3년 1개월 하고도 13일이나 머물렀다. 그리고 이 기간 내내 인사불성이었다.

이후 지구로 귀환한 것은 2018년 6월 28일이다.

킨샤사 저택으로 차원이동을 했고, 그때 강연희가 낳은 아들 철이를 처음 보았다.

"끄응! 가봐야 아무 소용 없겠군."

현수가 죽을 위기에 처해 오토워프 된 직후 레어 외곽엔 두 겹의 앱솔루트 배리어가 구현되었다.

외부의 침입을 막기 위함이다.

이걸 깨고 들어갈 수는 있지만 그러면 안에 있는 자신이 죽을 수 있었다.

앱솔루트 마법진을 깨뜨리는 방법은 더 강력한 힘으로 때려 부수는 것밖에 없기 때문이다.

이때의 진동은 치명상을 입은 현수 본인에게 큰 피해를 입힐 수 있었다. 따라서 아르센 대륙으로 차원이동하여 멀린의 레어로 찾아가면 안 된다. 자신이 과거의 자신을 소멸시키는 일이 될 수 있기 때문이다.

"끄응! 할 수 없네."

현수는 나직이 투덜거렸다.

2016년 1월 26일 화요일 오후 2시 17분.

현수는 PC방에 앉아 있었다. 현금이 없어서 금반지를 처분한 직후이다. 두 돈짜리였는데 31만 4,000원을 받았다.

"뭐야? 뭐가 어떻게 된 거야? 왜 이러지?"

차분히 앉아 기사를 검색하던 현수는 천지건설이 부도 위기에 처했다는 기사를 보았다. 불경기에 아파트 미분양 분이 너무 많아서 유동성 위기를 겪는다는 내용이었다.

이 시기의 천지건설은 잘나가는 정도가 아니라 펄펄 날 정도로 좋아야 한다. 하여 고개를 갸웃거렸다.

"뭐야? 왜 이러지? 이럴 리가 없는데."

나직이 중얼거리고는 이전의 뉴스들을 찾아보았는데 뭔가 이상했다. 하여 본인의 이름을 검색창에 입력하고 엔터키를 눌러보았다.

"힐! 뭐가 이래? 이상하네."

자신과 관련된 것은 하나도 없고 야구선수 김현수에 관한 내용만 그득했다.

계속해서 스크롤바를 내려 보았는데 동명이인만 계속 나올 뿐 자신에 대해선 단 한 글자도 없다.

"뭐지? 왜 이런 거야? 이 시기엔 이랬나? 아냐. 그럴 리가 없는데. 흐으음!"

이즈음이면 직장인의 전설로 인구에 회자되어야 한다.

그런데 다음, 네이버, 네이트, 구글을 아무리 뒤져봐도 자신에 관한 것은 전혀 없었다.

"대체 왜 이래? 내가 왜 없지? 흐음, 이상하네."

현수는 세 시간이 넘도록 PC방에 머물렀다. 그러다 자신의 기억과 상당히 달랐기에 고개를 갸웃거리며 나왔다.

기억을 더듬어 아버지가 근무하던 공방을 찾아갔으나 그런 사람은 모른다고 했다. 하여 부모님과 살던 김포의 연립주택 지하 셋방까지 찾아가 보았다.

그곳에서도 전혀 모른다며 고개를 저었다.

"뭐야? 뭐가 어떻게 된 거지?"

현수는 혼란을 느끼고 고개를 흔들었다. 그러면 곤혹스런 현 상황이 타개될 것이라 생각한 것은 아니다.

심리적 안정을 찾기 위한 본능적인 몸짓이다.

*　　　　　*　　　　　*

2016년 1월 29일 금요일 오전 10시 35분.

"김현수 씨라고 했죠? 주민번호 불러주세요."

"네, 850928─1224715입니다."

"잠시만요."

딸깍, 딸깍, 딸깍! 타닥, 타타닥, 타타타닥!

현수는 주민센터 여직원의 손이 마우스와 키보드를 누비는 모습을 보고 있었다.

지난 이틀 동안 현수는 현실을 파악하기 위해 많은 시간을 보냈다. 그럼에도 본인이 존재하지 않은 것처럼 아무런 기록도 찾을 수 없었다.

무엇이 잘못되었는지는 모르지만 일단 신분 확인이 필요했다. 하여 다시 한 번 PC방에 틀어박혀 방안을 강구했다. 그러다 주민센터를 찾아온 것이다.

모니터에 시선을 고정하고 있던 아가씨가 무언가를 찾았다는 표정을 지었다.

"아, 여기 있네요. 근데 김현수 씨는 2007년 3월 12일에 실종 선고가 되었고, 이후에 사망 처리되어 있네요."

"네? 내가 죽어요?"

"네, 승선한 선박의 침몰로 인한 특별 실종이었고, 선고 기간 만료로 사망이라 기록되어 있어요."

"헐!"

현수는 잠시 멍한 표정이 되었다. 전혀 예상치 못한 상황이기 때문이다. 하지만 그 시간은 그리 길지 않았다.

"그럼 제 부모님이 어디에 사시는지 알 수 있을까요?"

"잠시만요."

딸깍! 타타타탁! 딸깍! 타탁! 타타타탁! 딸깍!

키보드와 마우스를 몇 번 조작하더니 주민센터 여직원의 입이 열렸다.

"두 분 다 작고하신 걸로 되어 있네요."

"네? 뭐라고요? 모두 돌아가셨다고요?"

현수의 반응에 놀란 듯 화면을 빠르게 읽어 내린다.

"모르셨어요? 부친은 2004년 2월에, 모친은 2005년 6월에 돌아가신 걸로 신고되어 있어요."

"끄응!"

현수는 나직한 침음을 냈다.

아버지와 어머니는 천수를 누리고 돌아가셨다.

작고하실 때 연세가 아버지는 254세, 어머니는 259세였다. 현수와 며느리들이 잘 보살핀 결과이다.

그런데 황제의 부모로 사는 삶이 재미없다고 하셨다. 그래서 부활마법을 거부하셨다.

맛있는 거 먹는 것도 하루 이틀이고, 경치 좋은 곳도 사흘만 머물면 시들해진다. 맛볼 거 다 맛보셨고 구경할 거 다 구경하셨으니 그냥 가겠다고 하셔서 존중해 드렸다.

그런데 두 분 다 일찍 작고하셨다니 충격이다.

잠시 후 현수는 주민센터를 빠져나왔다.

멍한 표정으로 잠시 방황했으나 금방 금은방을 찾아 아공간 속 황금 약간을 처분했다. 보증서가 없기에 여러 군데를 돌아야 하는 불편함이 있었지만 처분은 어렵지 않았다.

금값이 팍팍 오르는 시기이고 양(量)도 적었기에 금은방 주인들은 까다롭지 않았다.

그렇게 하여 만든 돈이 약 350만 원 정도이다.

2016년 2월 1일 월요일

현수는 서초동 법무단지에 위치한 '김승섭 법률사무소'를 찾았다. 인터넷에서 변호사를 검색해 보았더니 누군가의 추천 글이 달려 있어서 찾아온 것이다.

주민등록을 부활시켜야 하는데 마땅한 방법을 모르니 도움이 필요했다.

"무슨 일로 오셨는지요?"

머리가 반쯤 센 김승섭 변호사는 키는 작지만 온화한 표정을 짓고 있어 말하기 편했다.

"제가 고등학교를 졸업하고 해운회사 화물선을 타고 아프리카로 가다가 바다로 떨어져서……."

지난 주말 현수는 바쁘게 움직였다. 그러는 동안 그럴듯한 스토리를 짰다.

본인이 다니던 대학교에서 확인한 바에 의하면 현수는 그학교에 입학한 바가 없다고 하였다. 어찌 된 영문인가 싶어 출신 고등학교로 갔는데 그곳도 입학 기록이 없었다.

다음엔 중학교였다. 다행히 기록이 남아 있었다.

학교 졸업 후 '인화공고'로 진학한 것으로 되어 있었다. 인문계가 아닌 공고로 진학한 것이다.

기계설계과를 졸업한 현수는 해운회사 화물선 승선을 위해 졸업증명서를 발부 받은 기록이 있었다.

해운회사를 찾아가 봤으나 파산하여 흔적도 없었다. 하여 동종업계 사람들에게 물어물어 나머지를 알아냈다.

현수가 승선한 화물선은 희망봉 인근 해역에서 침몰하였고, 이때 실종된 것으로 처리된 것이다.

여기까지가 대한민국에 남아 있는 기록이다.

현수는 여기에 살을 붙였고, 그 내용은 다음과 같다.

현수는 표류 끝에 구조되었다.

이때 기억을 잃었는데 남아프리카공화국의 행정수도 프리토리아(Pretoria)로 이송되어 그곳에 머물렀다.

이 나라는 일반 교육을 13학년으로 구성하고 있는데 이 중 10년이 의무교육이다.

유치원, 초등학교, 중학교 과정이다.

나머지 3년이 고등학교 과정이며, 이것을 마치면 대학에 진학할 수 있다. 학기는 4학기제로 되어 있는데, 1월 중순에 시작하여 12월 초순에 끝난다.

2007년엔 몸을 추스르는 한편 영어와 아프리칸스어, 그리고 줄루어를 공부한 것으로 했다.

다음엔 시험을 치러 고3 과정으로 편입한 것으로 처리하였다. 이후 프리토리아 의과대학에 입학하여 그곳에서 졸업 후 의사 면허증을 취득한 것으로 조작했다.

이를 증명하기 위해 남아프리카 행정수도 프리토리아로 워프했고, 그곳 전산망에 본인의 흔적을 남겼다.

조난자 구조 및 심문 조서도 올려놓았고, 심문자와 심문 내용 또한 그럴듯하게 올려놓았다.

고3 과정 편입 시험 성적과 졸업 명부에도 이름을 남겼다.

다음으로 프리토리아 의과대학 입학과 졸업 명단에도 이름을 올렸고, 학년별 성적도 다 기록해 두었다.

의사 면허도 발부 받았으며, 면허 취득 후 프리토리아에 소재 종합병원에서 인턴 과정을 수료한 것으로 해놓았다.

이를 정리해 보면 다음과 같다.

연 도 및 기 간	내 용
2008년	고3 과정
2009~2010년	예과 2년
2011~2014년	본과 4년
2015년	인턴 1년

인턴을 마치고 레지던트 과정에 들어가려 할 때 문득 이름과 국적이 떠올랐다. 하여 귀국한 것으로 하였다.

이를 위해 출국과 입국 기록까지 조작해 두었다. 당연히 여권도 만들었고, 입출국 도장까지 찍혀 있다.

일련의 작업이 가능한 것은 현수에게 미래의 컴퓨터와 3D 만능제작기가 있기 때문이다.

2911년에야 본격적으로 보급되기 시작한 생체컴퓨터는 인간의 뇌를 활용한 것이다. 이것은 현수가 가장 중요한 실마리를 제공했기에 만들어질 수 있었던 산물이다.

이것 덕분에 상당히 많은 학교들이 사라졌다.

어떤 지식이든 고등학교 졸업 수준까지는 비용만 지불하면 뇌로 다운로드 되니 당연한 일이다. 다만 대학 과정과 전문 과정은 스스로 학습하도록 되어 있다.

진즉에 개발되었지만 안전 및 안정성 확인을 위해 장장 150년이나 검증 과정을 거친 것이다.

현수에게도 생체컴퓨터를 이식하자는 제의가 있었다.

이식은 쉽다. 크기가 아주 작기 때문이다. 하여 주사기를 이용하여 혈관에 주입하는 것으로 끝난다.

이후엔 컴퓨터가 알아서 뇌까지 이동하고, 스스로 세팅되는 시스템이다. 하여 여러 번 이식을 시도했지만 실패했다.

수차례에 걸친 바디체인지 결과 완전무결해진 신체가 문제였다. 이식을 시도하자 이물질로 판단하여 거부 반응을 일으킨 것이다.

결국 인공지능을 탑재한 컴퓨터로 대체했다. 현수의 팔목에 채워진 시계처럼 생긴 것이다.

작지만 매우 큰 용량을 가졌다. 그리고 슈퍼컴퓨터보다도 연산 능력이 더 뛰어났다.

뿐만이 아니다.

신체를 끊임없이 체크하여 경고 메시지를 보내는 기능도 있다. 독극물이나 신체에 해를 끼치는 물질이 들어올 경우 그것을 해소시킬 의약품까지 추천해 준다.

가까운 곳에서 의약품을 구하지 못하면 자연에서 채집하여 처리하는 방법을 알려준다.

심장의 전기 시스템에 문제가 생겨 심부전이나 심정지가 올 경우엔 자동제세동기 역할까지 한다.

현수의 것은 특별히 제작된 것으로 최첨단 인공지능이 적용되어 에고를 가지고 있다.

숲의 요정 아리아니처럼 참견하고 쫑알거리는 것이 시끄러워 현재는 묵음 모드로 되어있다.

에고컴퓨터라 부르는 이것의 이름은 '도로시'이다. '오즈의 마법사'에 등장하는 그 도로시의 이름을 딴 것이다.

어쨌거나 도로시 덕분에 빈틈없이 전산 처리가 되었다.

실종 처리되어 사망선고까지 내려진 것도 처리할 수 있었지만 하지 않았다. 자신을 드러내야 뭐가 어찌 되었는지를 알 수 있다고 판단한 것이다.

현수의 긴 설명을 들은 변호사는 고개를 끄덕인다.

"이건 제 여권과 의사면허증 등입니다."

현수는 여러 서류를 내밀었다.

입국할 때 사용한 남아프리카공화국에서 발급한 여권의 성명은 '하인스 킴'이라 되어 있다.

이 밖에 프리토리아 의과대학교 졸업증서와 성적증명서, 의사면허증 등도 같은 성명으로 기록되어 있다.

모든 서류를 훑은 김승섭 변호사의 입이 열렸다.

"참으로 대단한 일을 겪으셨습니다."

"그렇죠."

"낯설고 물 선 나라에서 고생하셨으니 가급적 빨리 주민등록을 부활시켜 드리겠습니다."

"네, 부탁드려요."

수임료를 지불하고 변호사 사무실을 나선 현수는 한숨을 내쉬었다. 아무런 소속도 없고 제 한 몸 누울 곳조차 없는 신세라는 생각이 든 때문이다.

"쩝! 어디로 가지?"

현수는 가까이 보이는 모텔로 들어갔다. 최고급 사양 컴퓨터를 비치해 놓았다는 입간판을 본 때문이다.

PC방보다 편하게 검색할 수 있을 것이라 생각했지만 오래 있지는 못했다. 양쪽 옆방에서 들리는 야릇한 소음 때문이다.

"에잉! 대낮부터! 쩝, 그래도 오랜만에 들었네."

남녀상열지사(男女相悅之詞)를 들어본 지 수백 년이 넘었기에 한 말이다. 모텔을 나선 현수는 정처 없이 이곳저곳을 거닐며 상념에 잠겼다.

"흐음! 일단 돈이 필요하네."

현수가 남아프리카공화국 프리토리아 의대를 졸업한 것으로 조작한 것은 2016년의 시대 풍속 때문이다.

자신의 집안에 돈이 많은 것도 아니고 배경이 든든하지도 못했다. 이것만으로도 반은 무시당한다.

게다가 좋은 대학을 나오지 못하면 취업도 어렵고 사람 취급도 하지 않던 시기라는 것을 떠올린 것이다.

사람들이 인정하는 좋은 직업으로 판사, 검사, 변호사가 있다. 셋 다 똑똑해야 가능한 직업이다.

이건 국내 사법고시를 패스하거나 법학전문대학원을 나와야 한다. 특성상 상당히 많은 동기와 선후배들이 있게 된다.

의사도 손꼽는 직업 중 하나이다.

국내 전산망을 조작하여 국내 의대를 졸업하고 의사 면허를 취득한 것으로 할 수도 있지만 금방 뽀록날 일이다.

다행히 외국의 의대를 졸업하고 그곳에서 의사 면허를 받았다면 국내에서 시험을 치러 면허를 받을 수 있다.

남아프리카공화국의 프리토리아 의대는 보건복지부장관이

인정하는 해외 의과대학 중 하나이기에 선택한 것이다.

미국이나 영국 같은 나라의 의대도 생각해 봤지만 한국 유학생이 많아서 안심할 수 없었다.

하여 비교적 외국인 유학생 수가 가장 적을 것 같은 프리토리아 의과대학을 선택한 것이다.

"그나저나 내가 없는 것으로 되어 있으니 이 시기의 지현과 연희는 어찌 살고 있을까?"

헤어진 지 오래되었지만 그리운 사람들이다. 평생을 다정하게 대했고 늘 헌신적이던 여인들이다.

"한번 알아볼까?"

가까운 PC방으로 들어가 권철현을 검색해 보았다. 서울고검장이 아니라 대구지청장으로 재직하는 것으로 되어 있다.

"뭐지? 안 되겠군."

현수는 도로시에게 명령하여 무선으로 인터넷망에 접속했다. 그리곤 행정부 서버에 접속하여 권지현에 관한 내용을 뽑도록 하였다.

다행히 5급 공무원으로 재직하고 있으며, 대구지청에 근무함을 알게 되었다. 한번 찾아가 봐야겠다고 생각하였다,

다음은 천지건설을 뒤졌다. 강연희는 업무지원팀에 있다가 퇴직한 것으로 나와 있었다.

"끄응! 그 여자가 그런 모양이군."

현수는 천지화학 이강혁 회장의 아내를 떠올렸다. 이연서

회장이 싹 지워주려 한 이수린의 모친이다.

강연희에게 천지건설을 그만두게 하고 서울에서 200km 이상 떨어진 지방으로 이사를 가라고 강요했다. 그리고 평생 이 기적으로 살다가 암에 걸려 죽었다.

그때 미라힐과 엘릭서로 충분히 치료해 줄 수 있었지만 그러지 않았다. 그럴 마음이 손톱의 끝만큼도 없었기 때문이다.

"도로시, 강연희와 모친 강진숙에 대해 알아봐."

"네, 폐하!"

명령이 떨어지자 묵음 모드이던 도로시가 예쁜 음성으로 대답한다. 이 음성은 오로지 현수에게만 들린다.

단거리 음파 송신 기술이 사용되기 때문이다.

손목에서 발신된 도로시의 음성은 음질이 깨끗했다. 웬만한 클럽이나 공연장에서도 명확히 들린다.

고막 바로 앞에서 소리가 구현되며, 반대방향으로 모든 소리를 차단하는 간섭음파를 내기 때문이다.

"주민번호 870208─2072115인 강연희 님의 주소는 동해시 천곡동 아람아파트 6동 305호입니다. 이 아파트의 면적은 43.01㎡이고, 1989년 7월 11일에 준공된 겁니다."

"43.01㎡라고?"

최근 2,000년간 단 한 번도 접해보지 못한 면적이다.

"네, 이 시기의 평수로 환산해 보면 약 13평입니다."

"뭐? 겨우 13평이라고?"

화성 이실리프 황제궁은 가장 작은 화장실도 20평이 넘는다. 도로시의 말대로라면 용변을 보기 위해 매일 들락날락한 공간보다도 작다는 뜻이다.

　"네, 13평 맞고요, 현재 남편 곽진호 씨와 딸 곽아영 양과 함께 거주하는 것으로 되어 있습니다."

Chapter 03

—

다들 왜 이래

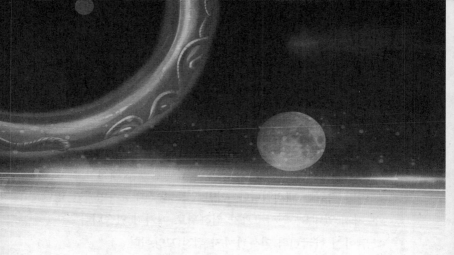

"뭐? 나, 남편이 있어?"

"네, 2014년 2월 3일에 혼인신고를 하였고, 곽아영 양은 2015년 3월 17일에 출생신고 되어 있습니다."

"……!"

사랑하던 아내가 다른 남자와 결혼하여 아이까지 낳았다는 말에 현수는 잠시 멍한 표정을 지었다.

이때 도로시의 보고가 이어진다.

"현재 강연희 님은 둘째를 임신하고 있으며, 출산 예정일은 6월 15일입니다. 성별은 아들입니다."

그새 의무 기록까지 훑어낸 모양이다.

"끄응!"

현수는 나직한 침음을 냈다. 혼자 살고 있다면 모를까 남편과 같이 있다면 찾아가선 안 되기 때문이다.

어쨌거나 도로시의 보고는 이어진다.

"강연희 님의 남편 곽진호 씨는 한국전력 동해지사에 근무 중이며 직위는 대리입니다. 이번 연도 승진대상자였지만 명단엔 빠져 있네요. 인사고과가 최하위로 매겨져 있습니다."

알아서 한국전력 인사과까지 뒤진 모양이다.

"그 친구 인사고과가 왜 최하위지?"

"곽진호 씨와 친구 관계이십니까?"

"아냐. 그냥 하는 말이야. 아무튼 왜 최하위야?"

"아내인 강연희 님의 임신중독증 때문에 잦은 결근을 한 결과입니다."

전자간증[pre—eclampsia]이라고도 하는 임신중독증은 임신과 합병된 고혈압성 질환이다.

소변에서 단백 성분이 나오거나 혈소판 감소, 간 기능 저하, 콩팥 기능의 악화, 폐부종, 두통, 흐린 시야 등의 동반 증상이 나타날 수 있다.

뿐만 아니라 태반 및 태아로의 혈류 공급에 장애가 발생하여 태아의 성장 부전이 발생하며, 심한 경우 태아 사망의 원인이 되기도 한다.

자신과 살 때엔 신혼여행 때 슈퍼포션으로 바디체인지부터 완료하고 시작했기에 나타나지 않은 증상이다.

어쨌거나 사랑하던 아내가 아프다고 한다.

"으으음!"

"곽진호 씨는 상봉동에서 철물점을 운영하는 곽호경 씨의 3남 중 차남으로 태어나 경희대학교 전기공학과를 졸업한 뒤 기사자격증을 취득했는데 취득일은……."

"그만!"

"네, 폐하!"

놔두면 끝없이 쫑알거릴 도로시가 침묵을 유지한다.

"강연희의 모친인 강진숙 여사를 찾아봐."

말이 떨어지기 무섭게 도로시의 보고가 튀어나온다. 미리 파악해 두었음을 의미한다.

"강진숙 님의 현 주민등록지는 동해시 산제골길 10—11 창인연립 지층 2호입니다. 면적은 25.3㎡이고, 준공은 1978년 6월 12일에 떨어졌습니다."

"25.3㎡라고? 그리고 1978년이라고?"

"네. 7.65평으로 방 하나, 작은 화장실 하나, 그리고 간이주방 하나로 구성되어 있어요. 부실 공사로 지어진 데다 상당히 낡아서 붕괴 위험이 있는 것으로 파악됩니다."

"끄응!"

"반지하인 데다 방수가 시원치 않아 습기가 많고 곰팡이가 광범위하게 번져 있을 것으로 짐작됩니다."

"으으음!"

현수가 나지막한 침음을 내자 도로시가 말을 잇는다.

"현재 인근 묵호시장길 19번지에 위치한 '재성식당' 주방에서 근무하는 것으로 파악되네요."

"식당에서 주방 일을 하신다고?"

"네! 재성식당은 15평짜리 점포로 김치찌개나 된장찌개 같은 것을 파는 영세한 곳입니다."

"끄응!"

갈수록 태산이라는 말이 불현듯 떠올라 낮은 침음을 냈다.

"의무 기록을 보니 무릎은 퇴행성관절염, 손가락은 류머티스성 관절염을 앓고 있어요. 치료를 멈춘 지 1년 정도 되었는데 경제 여건의 어려움 때문인 듯합니다."

"병세가 심하셨나?"

"의무 기록을 보면 통증이 심해 일상생활이 심히 곤란할 것으로 사료됩니다."

"헐! 그런 몸으로……."

킨샤사의 저택에 머무를 때의 강진숙 여사는 우아한 귀부인의 전형과 같은 모습이었다.

차분하고 예의바르며 고아하고 교양 있는 모습으로 누구에게나 늘 친절했다.

그런데 아픈 몸으로 식당 주방 일을 한다고 한다. 현수는 나직한 침음을 뱉어냈다. 이때 도로시의 보고가 이어진다.

"강진숙 님의 현재 예금 잔액은 12만 8,635원이고 채무는 1,800만 원인데 이자 납입이 지연되어 연체 중에 있습니다. 매월 지급해야 하는 이자는⋯⋯."

"그만!"

도로시는 또 입을 다물었다.

"뭐야? 다들 왜 이런 삶을 살고 있는 거야?"

"그거야 저는 모르지요."

현수는 다른 장모님을 떠올렸다.

"그럼 권지현의 모친인 안숙희 여사에 관한 것을 찾아봐."

기다렸다는 듯 보고가 이어진다.

"안 여사님은 현재 대구 인근 한사랑요양원에 있습니다. 심리적 요인에 의해 7세 지능 정도로 퇴화된 상태이며, 권철현 지청장과 권지현 님이 주 1회 면회를 하고⋯."

"그만! 그럼 안준환 옹은?"

"동명이인이 많습니다. 검색 자료가 부족해요."

"안숙희 여사의 부친이셔."

"찾았습니다. 안준환 옹은 2014년 1월 3일에 사망신고 되어 있습니다. 사망진단서엔 병사(病死)한 것으로 되어 있어요. 간암을 앓았는데 직접적 사인은 급성폐렴이에요."

"끄응! 그럼 이실리프 메디슨, 아니, 대한약품 민윤서 사장에 대해 알아봐."

본인이 실종된 상태라면 관련된 모든 사람의 삶이 바뀌어 있을 것이기에 예전의 명칭으로 지시한 것이다.

"잠시만요. 대한약품 민윤서 대표이사는 상처(喪妻)하여 독신인 상태입니다. 회사는 폐업 일보 직전입니다."

"부인인 윤영지 여사가 사망했다고?"

"네! 故 윤영지 님은 중증근무력증을 앓다가 2013년 12월 27일에 패혈증으로 사망하셨습니다."

"……!"

현수는 아무런 대꾸도 하지 않았다. 도로시도 뭔가를 느끼는지 더 이상 보고하지 않았다.

"민주영이라고 있어. 찾아봐."

자신의 오른팔 역할을 톡톡히 해내 이실리프 제국의 기틀을 잡아준 친구이다.

"잠시만요. 제시된 정보가 너무 적습니다."

"왼쪽 팔을 쓰지 못해."

"네, 폐하! 아, 찾았습니다. 수학과 출신 민주영 님은 무적 1등수학교습소를 운영하다 폐업하고 노숙 생활을 했습니다."

"뭐? 주영이가 노숙을 해?"

"네, 현재는 서울특별시 영등포구 버드나루로 24번지 서울시립 노숙인 복지시설인 '보현의 집'에 머물고 있습니다."

"……!"

현수는 잠시 말을 잇지 못하였다.

"또 궁금하신 분이 계십니까?"

"㈜까사와 박근홍 사장은?"

"주식회사 까사는 2013년 10월 13일에 폐업하였고, 박근홍 사장은 현재 서울역에서 노숙 생활을 하고 있습니다."

"그럼 부인인 김주미 여사는?"

"2013년 12월 16일에 자살로 생을 마감했습니다."

"……!"

다들 좋지 않았다. 오기가 난 현수가 말을 이었다.

"……극동솔라파워 주윤우 사장은?"

"2014년 3월에 파산선고가 되었고, 이듬해인 2015년 1월 6일에 자살로 생을 마감했습니다."

"…러시아 레드마피아의 알렉세이 이바노비치는?"

"2014년 11월 22일 15시 27분에 상트페테르부르크를 장악하고 있던 빅토르 아나톨리에스키의 지시에 의한 총격으로 사망했습니다. 두부 관통상이 사인입니다."

"끄응, 여긴 내가 살던 세상이 아닌가 봐. 그치?"

"그건 제가 대답할 수 있는 게 아닙니다."

"휴우! 알았다."

현수는 긴 한숨을 내쉬었다.

본인이 실종 상태이니 과거에 인연을 맺은 모든 이들의 삶이 바뀌어 있었다. 그런데 너무나 안 좋다.

"참, 권지현에 대해 다시 찾아보고 상세 보고해."

"권지현 님은 대구시 동구 신천동에 위치한 신천제이파크

아파트 704호에 거주 중입니다."

"그래? 규모는?"

"전용면적 84.35㎡짜리 나홀로 아파트네요. 2003년 7월에 준공되었고 작년에 이사했습니다. 시가는 2억 2,000만 원, 융자는 1억 4,500만 원 되어 있습니다."

"그렇구나."

융자에 대한 이자를 내고 있을 테니 거의 월세를 사는 것이나 다름없었다. 도로시의 보고가 이어졌다.

"남편 김인동은 33세이고, 아직 자녀는 없습니다."

"헐! 지현이도 결혼을 했어?"

"네. 2015년 4월 5일에 했습니다. 근데 사이가 좋지 않은 듯 이혼 소송이 진행되고 있습니다."

"끄응! 남편 직업은 뭐야?"

"대구시 북구 노원동 3가에서 동인산업이라고 폐타이어 재생사업을 하고 있는데 폐업 일보 직전입니다. 1금융권 부채 8억 2,000만 원, 2금융권은 11억 5,000만 원입니다."

"빚이 많군."

"사채업자에게서 연 39%의 금리로 4억 6,000만 원을 빌렸는데 그걸 갚지 못해 도피 중입니다."

"사채업자? 놈들이 지현이에게 해코지하는 건 아니지?"

"본인이 법원 공무원이고 부친이 지청장이라 그런지 접촉한 흔적은 없습니다. 다만 매일 전화하여 남편의 행방을 묻는 것 같습니다."

사채업자로부터 빚 독촉을 받고 있다면 심리적 압박감 등으로 일상생활이 엉망일 것이다.

"끄응! 하나같이 다들 왜 이래?"

현수는 북한에 있는 백설화와 이리냐, 그리고 예카테리나까지 물어보았다.

'하얀 눈꽃' 백설화는 총살당했다.

2013년 8월에 있었던 리설주 성추문 파문으로 은하수관현악단 9명의 단원이 처형되었는데 이것과 연루된 것이다.

21세기 최고의 미녀라 불렸고, 모델계의 원탑이던 이리냐는 가난을 이기지 못해 모스크바의 밤거리를 떠도는 매춘부가 되어 있었다.

모두가 불행하지만 예카테리나 일리치 브레즈네프만은 정상적인 삶을 사는 듯했다.

하버드 로스쿨을 차석으로 졸업했고, 미국 최고의 로펌인 '피어슨 & 하드먼'에서 변호사 생활을 하고 있었다. 업계 동료인 변호사와 결혼했는데 아직 아이는 없었다.

이 밖에도 많은 사람들의 안부를 물었다.

울림네트워크는 파산했고, 박동현 대표는 행방이 묘연했다. 김형윤 선배는 지방의 중소기업에 재직 중이다.

이은정은 대학 졸업 후 백수로 지내고 있고, 김지윤은 천지건설 개발사업부 대리로 재직 중이긴 한데 명예퇴직 대상자

명단에 올라 있었다. 곧 정리해고될 예정인 것이다.

박준태 전무의 아들 박진영은 기획3팀 팀장으로 재직 중인데 이직하려 다른 회사에 이력서를 제출했다.

자재과 사수이던 곽진만은 퇴직해서 치킨집을 운영하고 있는데 프랜차이즈 본사의 횡포 때문에 신음 중이다.

테리나를 제외한 모두의 삶이 완전히 달라져 있었다.

현수로부터 더 이상의 지시가 없자 도로시가 반문한다.

"어떻게 하실 건지요? 적극 개입하실 겁니까?"

"생각 중이야. 생각 좀 하게 묵음 모드로 대기해."

"네, 알겠어요."

                    *   *   *

현수는 정처 없이 걸음을 옮기면서 고뇌에 찬 표정을 지었다. 햄릿이 고민하면서 'To be, or not be'라고 지껄인 것이 충분히 이해되었다.

그렇게 시간이 흘러 깊은 밤이 되었다. 현수는 우면산 깊숙한 곳에 당도해 있었다.

"폐하, 비상사태, 비상사태입니다!"

"도로시, 묵음 모드 잊었어? 나 생각할 거 있다니까."

"그래도 비상사태라 말씀드리는 겁니다."

"왜? 산속에 산적이라도 있다는 거야? 묵음 모드! 좀 조용히 해줘. 알았지?"

"안 됩니다. 비상사태라 보고드려야 합니다."

도로시는 현수의 명령에 절대적으로 복종하도록 제작되었다. 그럼에도 계속해서 비상사태라 하니 들어봐야 한다.

"좋아, 뭐가 비상사태인데? 전쟁이라도 벌어졌어?"

"아닙니다."

"그럼 뭔데?"

"폐하의 휴먼하트에서 이상이 감지되었습니다."

현수는 즉시 자신의 심장 부위를 감싸고 있는 휴먼하트를 점검해 보았다.

"휴먼하트? 이상 없는데?"

"아닙니다. 마법을 구현시키지 않음에도 폐하의 휴먼하트 회전 속도가 미묘하게 변화하고 있습니다."

"…왜 그러는데?"

"지구 자기장이 화성과 달라서 그렇습니다."

"지구 자기장하고 그게 관련이 있나?"

현수가 고개를 갸웃거리자 도로시의 말이 이어진다.

"게다가 제게 입력되어 있는 지구 자북극(磁北極)과 실제 자북극의 위치가 달라서 자기장의 크기에도 변화가 있어서 그렇습니다."

"그래서? 뭐가 어떻게 된다는 건데?"

현수는 대수롭지 않게 생각했다.

"현재 폐하의 휴먼하트는 스스로 지구자기장의 값에 자신을 맞추는 작업을 진행하고 있습니다."

"그래? 그래서?"

이때까지도 현수는 사태의 심각성을 전혀 알지 못하고 있었다. 화성으로 처음 이주했을 때에도 휴먼하트에 별 문제가 없었기 때문이다.

"어쩌면 폐하의 휴먼하트가 휴면에 들어갈 수도 있습니다."

"휴면? 그럼 뭐가 어떻게 되는데?"

"적응을 완료할 때까지 마법 사용이 불가능할 수 있음을 경고 드립니다."

"뭐? 마법을 못 쓰게 된다고?"

"네, 휴먼하트가 완전한 휴면에 들어가면 1~2서클 마법을 구현시키는 것에도 어려움을 겪을 수 있습니다."

일순간에 현수의 표정이 어두워졌다. 마법사가 마법을 못 쓰게 된다는 경고를 들었으니 어찌 안 그렇겠는가!

그러다 문득 떠오르는 것이 있다.

화부단행(禍不單行)이라는 말이다. '화는 혼자 오지 않는다'는 뜻이다.

"…그럼 내공은? 설마 그것도?"

"네. 폐하께서 둘이 연동되도록 하셨으니 그것 또한 봉인될 확률이 매우 높습니다."

"헐!"

"조만간 아공간 마법을 쓰지 못할 확률이 99.998%입니다. 서둘러 필요한 것들을 꺼내놓을 것을 권합니다."

"끄응!"

아공간 마법은 일상생활을 편리하게 해주는 근원이나 마찬가지이다. 모든 것을 소지할 수 있음에도 두 손이 자유롭고 무게도 부피도 없기 때문이다.

"우선순위를 정해서 말해봐."

"먼저 정지궤도용으로 쓸 YM—3815 두 기와 중궤도용으로 쓸 YK—3855 세 기, 그리고 저궤도용으로 쓸 YE—3841 네 기를 꺼내놓으십시오."

위성을 지표 고도에 따라 구분하면 다음과 같다.

구 분	지표고도 (km)	용 도
저궤도	200~2,000	관측 및 군사용
중궤도	2,000~35,786	항법, 통신, GPS
정지궤도	35,786~	기상, 통신, 감시

저궤도위성(LEO)으로 국제우주정거장(ISS)을 꼽을 수 있다. 매일 다른 시간대에 다른 지점을 관찰한다.

중궤도위성(MEO)은 특정 지역을 자세히 관찰할 수 있다.

정지궤도위성(GSO)은 지구의 자전 속도와 같은 속도로 회전하기 때문에 위성이 한 지점에 정지해 있는 것과 같다.

"근데 뭔 위성을 그렇게 많이 꺼내? 그냥 Y—3621 한 척 꺼내놓으면 안 돼?"

Y—3621은 서기 3621년에 제작된 우주전함의 명칭이다. 참고로 Y는 이실리프의 이니셜이다.

이것 두 개만 궤도에 올려놓으면 지구 전체를 관측하고 감시할 수 있으며 유사시엔 공격 가능하다.

현존하는 모든 무기를 파괴할 능력을 가졌다.

그리고 기상 및 통신위성으로도 사용 가능하며, 지표면으로부터 50㎞ 깊이의 지하자원까지 파악해 낼 수 있다.

"그러면 좋기는 하죠. 근데 아공간에 넣거나 꺼내는 물건의 부피와 무게에 정비례하여 마나가 소모된다는 거 혹시 잊으셨습니까? 그거 하나 꺼내고 말 거예요?"

"아, 그렇지?"

아공간을 열고 닫을 때 사용되는 마나의 양은 일정하지만 수납할 물건의 부피와 무게에 비례하여 마나가 소모된다.

전에는 이걸 걱정할 필요가 없었지만 지금은 그래야 한다는 뜻이다.

곧이어 도로시의 잔소리가 이어진다.

"우주전함 Y—3621을 꺼내는 게 제일 좋기는 하지만 그랬다간 자칫 중간에 멈추게 되는 수가 있습니다. 그럼 아공간 자체가 붕괴되어 버립니다."

"아마도… 그렇겠지?"

이럴 경우 현수는 가진 것 모두를 잃게 된다. 걸치고 있는 것 이외엔 아공간에 모든 것이 담겨 있기 때문이다.

"게다가 필수 운용 인원이 있습니까?"

"……미안. 내가 너무 늙었나 봐."

실제로 현수는 엄청나게 늙었다. 현재의 2,961세이다. 신체는 여전히 25세이지만 정신이 그러하다는 뜻이다.

그러니 늙었다는 말은 전혀 농담이 아니다.

이곳으로 오기 전에도 현직에서 물러난 지 2,500년이 넘었다. 위성 겸 방어 무기인 우주전함 Y—3621을 올려놓는 등의 '사소한 일'은 후손들이 관장했다.

이것은 초기 모델인 이실리프호보다 훨씬 크다.

이실리프호는 반경 60m, 높이 5m로 제작되었으나 공간 확장 마법이 적용되어 내부로 들어가면 반경 150m, 높이 12.5m짜리였다.

미국, 러시아 등 16개국이 참여하여 제작한 국제우주정거장 ISS보다 736배나 더 컸다.

현수가 꺼내놓으려던 우주전함 Y—3621은 이실리프호에 비해 200배 크다. 반경 12㎞, 높이 1㎞이다.

여기에 공간 확장 마법이 중첩되어 실제 사용 용적은 약 5배 정도이다. 반경 60㎞, 높이 5㎞이니 영화에 등장하는 거대 우주전함을 상상하면 된다.

Y—3621은 두 명의 필수 운용 인원이 필요하다. 유사시 명

령을 내려야 하기 때문이다. 하나는 운항에 관한 명령을 내리고, 다른 하나는 공격과 방어에 대한 결정을 한다.

나머지는 인공지능이 탑재된 미래의 슈퍼컴퓨터가 알아서 모든 것을 제어한다. 이 밖에 상당히 많은 안드로이드가 배치되어 있다.

이들은 명령에 따라 행성 자원을 채굴하거나 테라포밍의 임무를 수행하며, 유사시 함선 수리 등의 임무를 맡는다.

어쨌거나 어마어마한 덩치를 가진 우주전함을 꺼내놓으려던 현수는 얼른 생각을 바꿨다.

아공간은 절대 잃으면 안 되기 때문이다.

"도로시, 뭐부터 꺼내야 하는지 다시 말해줘."

"먼저……."

도로시의 의견에 따라 위성들을 꺼냈고, 설정 고도를 맞춘 후 각종 마법을 구현시켰다.

모두 1,800년 이상 미래의 과학기술이 적용된 것이라 크기는 작지만 성능만은 대단한 것이다.

현수가 마지막으로 반중력 마법을 활성화시키자 인공위성들이 일제히 솟구친다.

"자, 위성은 띄웠어. 이제 뭘 꺼내지?"

"다음으로 마법 가방을 꺼내세요."

"배율은?"

"이 시대의 버스 한 대가 들어갈 정도의 용적을 가진 것이면 됩니다."

"알았어."

마법 가방을 꺼낸 현수는 문득 이상하다는 생각을 했다.

"나는 마법을 못 쓰는데 이건 사용 가능하다는 거야?"

"아티펙트는 지구자기장의 영향을 안 받으니까요. 아, 지금부터는 말 시키지 마시고 제가 꺼내라는 것들을 꺼내세요."

"…알았어. 말만 해."

휴먼하트의 움직임이 심상치 않다는 뜻이다.

"다음은 포션이에요. 위급한 상황을 대비하여 회복 포션과 미라힐, 그리고 엘릭서와 마나석들을 꺼내세요."

회복 포션은 제아무리 심한 상처라도 몇 초 만에 아물게 한다. 다만 당뇨병이나 고혈압, 또는 각종 암은 치료하지 못한다. 손상된 부위에 직접 작용할 수 없기 때문이다.

엘릭서는 현수가 만들어냈는데 리커버리 마법의 효능을 가진 것이다. 외상에는 큰 효과가 없지만 내과적 질환엔 즉효를 보인다.

하여 각종 말기 암환자도 1분이면 정상인이 되고, 노쇠하여 곧 죽을 듯 숨넘어가던 늙은이에겐 활력을 주어 최소 10년은 거뜬히 살 만한 기력을 부여한다.

다만 죽은 이는 부활시키지 못한다.

"마나 포션은?"

"폐하의 휴먼하트가 휴면에 들어가면 마나 포션은 아무런 효과도 못 내요."

지금은 언쟁을 하거나 무언가를 따질 타이밍이 아니었다.

"알았어. 다음은?"

"곧 무능력해질 테니 돈이 될 만한 것들을 꺼내야겠죠? 다만 잊지 마셔야 할 건 무게와 마나가 정비례한다는 거예요."

"알았어. 10㎏짜리 골드바 열 개만 꺼낼게."

"음, 간당간당하겠어요. 네 개만 꺼내세요."

"알았어."

시키는 대로 골드바 네 개를 꺼내 마법 가방에 넣은 현수는 도로시의 다음 말을 기다렸다.

"소형 만능제작기 하나만 꺼내면 끝일 것 같아요."

"알았어."

소형은 가로세로 10㎝ 정도의 물건만 가능하다. 이걸로 세상의 거의 모든 것을 만들어낼 수 있다.

"다음은?"

"이제 더 못 꺼내요. 참, 마나 없이 마법 가방을 열 수 있도록 인식마법진을 그려 넣으시고 얼른 구현시키세요."

곧 휴먼하트가 휴면에 들어갈 것이라는 뜻이다.

"빨리요!"

"그렇게 급해? 알았어."

말은 이렇게 했지만 마법진을 그릴 각종 도구를 꺼내놓고 꼼꼼하게 작업하느라 제법 시간을 잡아먹었다.

조금이라도 틀리면 마법이 구현되지 않을 것이므로 급할수록 돌아가라는 격언을 생각한 것이다.

어쨌거나 마법진을 다 그렸고, 하급 마나석도 박았다. 마나 집적진의 중앙에 박힌 이것은 에너지원이 될 것이다.

"다 되었군. 그럼 액티베이션(Activation)!"

샤르르르, 팟!

마법이 구현될 것 같더니 사그라든다.

"으잉? 이게 왜 이러지? 액티베이션!"

샤르르, 팟!

"액티베이션! 액티베이션! 액티베이션!"

샤르, 팟! 샤, 팟! 팟!

"끄응!"

갑자기 가슴이 답답해진 현수는 휴먼하트가 자체 적응 기간을 가지려 움직임을 멈췄다는 걸 느꼈다.

하단전의 내공에도 의식을 보냈는데 단단히 굳기라도 한 듯 꼼짝도 하지 않았다.

"이런 빌어먹을!"

현수가 나직이 중얼거리자 도로시가 타박한다.

"그러게 제가 서두르라 했잖습니까? 여유를 부리시더니……."

"묶음 모드!"

"네, 폐하."

현수의 불편한 심기를 읽었는지 도로시는 더 이상의 대꾸하지 않았다. 이때 현수의 눈에 소형 만능제작기가 뜨였다. 마법 가방에 아직 넣지 못한 것이다.

"헐! 이런……!"

뭔가를 제작하려면 원료가 있어야 한다.

그렇기에 소형 만능제작기엔 반드시 원료 공급을 위한 '원소수집기'가 결합되어 있어야 한다. 만년필을 예로 들자면 잉크가 담긴 카트리지가 있어야 하는 것과 마찬가지이다.

그런데 그게 빠져 있었다.

시간이 없다고 하니까 마음이 급해서 깜박한 것이다.

만능제작기가 있기는 하지만 아무것도 만들어낼 수 없다.

다시 말해 무용지물을 꺼내느라 마나를 소비하여 이 모양이 된 것이다.

"끄응! 포션도 전부 집어넣었는데……."

회복 포션 열 개와 엘릭서 열 개 모두 마법 가방 안에 담겨있다. 존재함은 알지만 꺼낼 수가 없는 것이다.

10kg짜리 골드바 역시 마찬가지이다.

마법 가방 안에 담기지 않은 것은 마나석 몇 개와 무용지물인 소형 만능제작기뿐이다.

"도로시, 현 상황에서 마나석으로 할 수 있는 일이 뭐가 있지? 말해봐."

"마법진을 그려도 폐하께서 그걸 활성화시킬 수 없으므로 현재로선 무용지물입니다."

"끄응."

현수가 나직이 중얼거릴 때 도로시가 묻는다.

Chapter 04
—
평범하게 살아보기

"폐하, 인공위성들을 올릴 때 파워를 안 올리셨습니까?"

"…파워?"

"네. 전부 잡히지 않습니다."

"…아무래도 내가 스위치 올리는 걸 깜박한 것 같다."

"헐!"

이번엔 도로시가 말이 없다. 위기의 순간에 상당량의 마나를 소모하면서까지 뻘짓을 했다는 걸 의미한다.

"그거 원격으로 켤 수는 없는 거야?"

"네, 없습니다. 전원이 꺼져 있으면 여기서 어떻게 할 수가 없어요. 저쪽을 컨트롤하려면 접속이 되어야 하니까요."

"끄응! 그럼 그거 다 우주 쓰레기가 된 거네."

"지금은 그렇지만 폐하께서 능력을 되찾으시면 귀환 마법으로 회수하여 다시 올릴 수 있습니다."

"쩝! 알았다. 근데 좀 춥네."

현수는 여러 번의 바디체인지를 겪었고, 물, 불, 바람, 땅을 관장하는 4대 정령왕의 축복을 받은 바 있다.

하여 수화불침, 만독불침, 한서불침지체를 이룬 바 있다.

그런데 지금은 좀 춥다. 마법과 무공을 쓸 수 없자 평범한 인간과 같은 상황이 된 것이다.

"으으으! 춥네."

"빨리 하산하길 권합니다."

"그래, 알았다."

현수는 올라간 길을 되짚어 하산했다. 그러는 사이에 하얀 눈이 내렸다.

큰길 건너 골목 초입의 식당으로 들어간 현수는 설렁탕 한 그릇을 주문했다.

뜨끈한 국물에 밥을 말고 깍두기 국물을 넣은 뒤 흡입하듯 먹었다.

주머니 안의 현금을 마법 가방 안에 넣지 않은 게 정말 다행이라 생각했다.

설렁탕 값을 치르고 계산해 보니 71만 2,000원이 남아 있다. 마법과 무공은 쓸 수 없고 몸은 평범해져서 추위도 느낀다. 그런데 집도 없고 직장도 없는 상황이다.

"웃기네."

"뭐가요?"

도로시의 물음에 현수는 나직이 중얼거렸다.

"내가 평범해졌잖아. 마법도 못 쓰고 내공도 못 쓰잖아. 날씨는 추운데 갈 곳이 없어. 황제였는데 말이야."

"평범하게 살아보는 게 소원이라 하셨잖아요."

"…그랬지."

사랑하는 아내들이 모두 세상을 떠났음에도 본인은 너무도 건강했고, 수명도 무진장 많이 남아 있었다.

게다가 지구의 절반을 다스리는 이실리프 제국의 황제이고, 달과 화성 등 테라포밍을 마친 행성 및 위성 역시 본인이 다스리는 영토였다.

손가락 하나만 까딱하면 모든 일이 이루어지는 절대 권력자였고, 고도로 발달된 과학기술이 있어 상상하는 거의 모든 것을 이룰 수 있었다.

만능제작기가 그중 하나이다. 명칭 그대로 뭐든지 만들어낼 수 있었다.

제작기 뒤편에 달린 원소수집기에 구리나 은을 넣으면 금으로 바뀐다. 숯을 넣으면 다이아몬드가 되기도 한다.

뿐만이 아니다. 계란이나 두부의 단백질로 만든 인공 아가

미는 인간의 수중 생활을 가능케 해주었다.

원자로에서 끄집어낸 핵연료봉은 계속 발열하기 때문에 폭발과 방사성 물질 누출 가능성이 크다.

이런 고준위 핵폐기물의 방사능이 자연 수치로 낮아지려면 최소 10만 년이 걸린다.

그런데 이걸 원소수집기에 넣으면 불과 몇 분 만에 방사능과 전혀 관련이 없는 칼륨이나 칼슘 같은 물질로 바꿀 수 있다. 이래서 만능제작기라는 명칭이 붙은 것이다.

어쨌거나 아주 오랫동안 무엇이든 이루어지는 삶을 살았다. 그러다 보니 평범한 삶이 궁금했다.

하지만 현수는 결코 평범할 수가 없었다.

휴먼하트를 가진 전무후무한 대마법사이다. 게다가 그랜드 마스터에서 한 발짝 더 나가 진화하여 슈퍼 마스터가 되었다.

엄청나게 늘어난 검강을 뿜어내거나 무엇이든 파괴할 수 있는 검환(劍丸)을 쏘아 보낼 수 있는 능력자이다.

뿐만 아니라 그랜드 보우 마스터이기도 하다. 실물 화살이 없어도 강기를 쏘아 무엇이든 파괴할 수 있다.

여기에 충직한 4대 정령왕이 있고, 진화하여 숲의 여신이 된 아리아니까지 있다.

그리고 대지의 여신 가이아와 전쟁의 신 데이오가 가호를 베풀어 만물이 경배하는 지경에 이르러 있었다.

이런데 어찌 평범할 수 있겠는가!

하여 가끔은 한탄처럼 평범하게 살아보고 싶다고 중얼거렸고, 하도 많이 들어서 도로시도 알고 있었다.

"폐하, 인터넷을 통해 정보를 수집해 보았습니다. 평범하게 살고 싶으시면 직장을 구해보십시오."

"직장을 구해?"

"네. 어느 회사든 일단 취직을 해보시길 권합니다. 이곳에서 의사 면허를 따려면 시간이 필요하니까요."

"흐음, 그럼 그래볼까?"

"네. 알바라는 것도 해보십시오. 검색해 보니 PC방과 편의점 등이 만만하다고 합니다."

"흐으음!"

현수는 잠시 상념에 잠겼다.

아주 오래전 기억을 떠올리려는 것이다.

거의 3,000년쯤 전엔 '히야신스(Hyacinth)'라는 카페에서 일을 했다.

학비가 필요해서 한 일이다.

처음 2년은 감자와 양파 껍질을 벗겼고, 설거지, 걸레질을 했다. 화장실 청소도 했다. 그러다 성실성을 인정받아 주방보조가 되었고 간단한 요리를 배웠다.

토스트나 샌드위치를 능숙하게 만들고, 마늘빵, 모카빵, 바

게트, 소보루 등을 만들 수 있는 건 그 경험 덕이다.

"거기 아직도 있을까?"
"어디 말씀하시는 건지요?"
"성신여대 앞 히야신스라는 카페."
"잠시만요. 아, 동선동 주민센터 인근에 있는 걸 말씀하시는 거라면 아직 있습니다."
"아, 그래?"
듣던 중 반가운 소리였는지 현우의 얼굴이 환해진다. 뭔가를 기대하는 표정이다.
"면적은 198㎡……."
"그만!"
"네, 폐하."

다음날 오전 11시.
현수는 히야신스 간판을 보며 회상에 젖어 있었다.
3,000년쯤 전의 기억이지만 워낙 두뇌가 활성화되어 있어 금방 예전의 기억을 떠올릴 수 있었다.
힘든 일도 많았지만 대체적으로 나쁘지 않았다. 보람도 있었고 힐끔힐끔 보는 여대생들의 시선도 나쁘지 않았다.
학비를 벌어야 한다는 절박함만 없었다면 누군가와 연애도 가능했을 것이다.

"후후, 후후후."

나지막하게 웃으며 문을 열고 들어섰다.

딸랑!

왠지 귀에 익은 종소리이다.

"어서 오세요."

낮은 음성의 주인은 이 카페의 주인이다.

"식사 되지요?"

"그럼요. 메뉴 보고 고르세요."

현수는 메뉴판을 펼치지 않은 채 물었다.

"저… 짜카오므라이스 되나요?"

"물론입니다. 근데 한 번도 못 뵌 분인데 저희 주방장 특선 메뉴를 아시나 보네요. 잠시만 기다리세요."

방금 주문한 것은 다른 곳에서는 먹을 수 없는 독특한 메뉴이다. 3,000년쯤 전에 먹어보았다.

카레도 맛이 있지만 짜장의 맛은 정말 절묘했다. 성신여대 학생들도 좋아해서 점심나절엔 자리가 없었다.

천지건설에 입사한 이후 맛을 잊지 못해 여러 번 찾아왔지만 끝내 먹을 수 없었다.

주방장이 병을 앓게 되면서 그만둔 때문이다.

그 후 히야신스에선 '짜카오므라이스'를 메뉴에서 지웠다. 뒤를 이은 주방장들이 같은 맛을 내지 못한 때문이다.

현수도 여러 번 만들어보았지만 끝내 같은 맛을 내지 못했다.

그런데 다들 운명이 바뀐 것처럼 주방장도 뭔가 달라진 듯싶다. 그렇지 않고는 짜카오므라이스를 주문 받지 않을 것이기 때문이다.

　아무튼 다행이다. 주방에서 일을 하고 있다면 아직 발병 전이고, 그 맛을 다시 볼 수 있음을 의미하기 때문이다.

　음식이 나올 때까지 두리번거리며 카페 내부를 둘러보았다. 약간은 올드한 인테리어이다.

　그리고 자신이 있을 때엔 장사가 잘됐다. 하여 옆 가게까지 터서 영업했는데 현재는 그러지 못한 모양이다.

　"자, 맛있게 드십시오."

　"네, 사장님. 잘 먹겠습니다."

　"……!"

　사장이 힐끔 바라보았다.

　분명히 처음 보는 얼굴인데 주방장 특선 메뉴도 알고 자신이 주인이라는 걸 어찌 아나 싶은 것이다.

　"크으음!"

　주방장에게 배운 기억대로 짜장과 카레를 2대 1의 비율로 떠서 오므라이스에 비빈 뒤 한 숟갈 입에 넣은 현수는 하마터면 눈물을 흘릴 뻔했다.

　'그래, 이건 분명히 3,000년 전의 그 맛이야!'

　그토록 재현해 내고 싶던 맛이기에 정신없이 흡입했다. 그리곤 한 그릇 더 주문하여 마저 비웠다.

"참 많이 드시네요."

후식으로 카푸치노 잔을 들고 나온 사장의 말에 현수는 빙그레 웃음 지었다.

"네, 너무 맛있어서요."

"아이고, 감사합니다."

음식을 칭찬해 줘서 고맙다는 뜻이다.

"근데 왜 사장님이 직접 서빙을 하세요? 혹시 알바가 아직 안 나온 건가요?"

"그건… 사실 지금은 알바가 없습니다. 오전엔……."

지금은 2월 초다. 학기가 시작되지 않았기에 학생들이 없어서 알바를 둘 수 없는 상황인 것이다.

하여 주방장과 사장 둘만 근무한다고 한다.

"조만간 학기가 시작될 텐데 혹시 알바 구하신다면 제가 일해도 될까요?"

"알바요?"

"네, 이게 너무 맛있어서요. 여기서 일하고 싶습니다. 오전이나 오후만 일해도 됩니다."

사장은 현수를 위아래로 훑어보았다. 지금까지는 손님이었지만 이제부터는 알바 지망생이기 때문이다.

현수는 잡티 하나 없는 깨끗한 마스크이고, 서글서글한 눈매로 호감이 간다. 들어올 때 본 실루엣으로 미루어 짐작컨대 184cm에 75kg 정도일 것이다.

여학생들이 선호하는 신장이고 몸무게, 체형이다.

나이는 25세 정도로 보인다. 너무 어린 것도 아니니 여학생들의 짜증도 잘 받아낼 듯싶다.

"그건… 좋아요! 근데 얼마나 일할 수 있나요?"

"얼마나 해야 하죠?"

"최소 반년 이상은 해야 하는데 가능하겠어요?"

"반년이면……."

김승섭 변호사가 신분을 복원시켜 주면 의사 면허를 취득할 생각이다.

보건복지부장관이 인정하는 26개국 96개 외국 의과대학을 졸업한 자는 국내 의사 면허를 받기 위해 두 번의 시험을 치러야 한다.

첫 번째는 예비시험이다.

6월에 필기와 실기시험 원서 접수를 받고, 7월 초와 중순에 필기와 실기시험을 치른다.

필기시험은 5지선다형이며, '의학의 기초'를 묻는다.

몸의 정상 구조와 기능, 정상 발생, 성장 및 노화, 병리, 주요 증상 및 소견, 진찰과 검사 등에 관해 출제된다.

2차 실기시험은 병력 청취, 신체 질환, 환자와의 의사소통, 진료 태도, 기본 기술적 수기(手技)를 평가한다.

합격자 발표는 일주일 후에 나온다.

예비시험을 통과하면 '한국보건의료인 국가시험원'에서 본

고사에 해당하는 '의사국가시험'을 볼 수 있다.

8월 초에 원서 접수를 받고, 시험은 9월 중순부터 응시자가 선택한 날짜에 시험 볼 수 있다.

정해진 시험 시작 및 종료 신호에 따라 12개 시험실을 이동하면서 각 시험실에서 주어진 과제를 수행하게 된다.

이것 역시 필기와 실기시험으로 나뉘어 있는데 둘 다 의과대학 교수로 구성된 합격선 심의위원회에서 결정된 합격 점수 이상을 득점하여야 합격이다.

예비시험은 응시 수수료가 29만 7,000원이고, 의사 시험은 62만 원이나 된다.

지금은 2월 2일이다. 6개월이면 7월 말까지이다.

"반년은 할 수 있습니다. 다만 7월 초와 중순에 각각 하루씩 시험 보러 가야 합니다."

"시험이요? 공무원 시험이라도 준비하나요?"

"아뇨. 제가 사실은 고등학교를 졸업하고……."

사장은 현수가 조난당했다가 남아프리카공화국 프리토리아대학교에서 의과대학을 졸업하고 인턴 과정까지 수료했다고 하자 몹시 놀란 표정을 지었다.

31세라는 말에는 더 놀랐다. 아무리 봐도 25세를 넘지 않은 듯하기 때문이다.

현수는 각종 증빙 서류까지 보여주었다. 이를 본 사장이 약간 의자를 당겨 앉았다. 관심이 있다는 뜻이다.

그렇게 모든 이야기를 들어주었다. 그러곤 입을 연다.

"신원 회복 절차를 밟고 있다고 했는데, 머물 곳은 있나요?"

"그건… 아직 없습니다."

*   *   *

"흐으음! 그럼 말이죠, 우리 가게에……"

히야신스 주방 곁에는 창고가 두 개 있다.

각각 3m×2.5m 정도이니 평수로 따지면 약 2.3평 정도 된다. 시멘트 바닥이 노출되어 있고, 고추장이나 식용유, 감자, 양파, 당근 등을 임시로 쌓아놓는 용도로 쓰고 있다.

둘 중 하나만 있어도 충분하니 하나를 골라 거처가 생길 때까지 사용하라고 하였다.

"좋습니다. 일하겠습니다."

"그래요! 하하하!"

기억이 맞는다면 사장은 43세로 현수와 띠동갑이다. 열두 살 차이라 전에는 첫 대면부터 말을 내렸다. 그런데 지금은 그러지 않았다. 의대를 나왔다니 예우하는 것 같다.

잠시 기다리라고 하곤 지물포로 향했다. 기거할 수 있도록 도배와 장판을 해주려는 것이다.

히야신스는 현재 심각한 경영난을 겪고 있었다. 인근에 들어선 신개념 카페들 때문이다.

새로운 트렌드로 자리 잡은 '멀티 룸 까페'들은 시간 단위로 공간을 독점할 수 있는 장점이 있었다.

룸이니 다른 사람들의 시선을 고려할 필요도 없다.

다양한 테마로 조성된 룸에서는 각종 보드게임을 하거나 텔레비전을 즐길 수 있다. 물론 공부도 가능하다.

그러면서 여러 종류의 차와 과자, 그리고 아이스크림 등을 즐길 수 있다. 룸마다 메뉴판이 있어 식사를 주문할 수 있다.

이에 반해 히야신스는 완전히 개방된 공간이며, 차와 음료, 그리고 식사와 주류를 취급하는 전형적인 경양식집 분위기이다. 인테리어는 매우 낡은 편이다.

하여 나날이 매출액이 떨어지고 있었다.

이런 상황에 곧 의사 면허를 갖게 될 젊고 훈남인 청년이 서빙을 한다는 것이 소문나면 영업에 도움이 될 듯싶다.

일종의 미남계를 생각한 것이다.

그렇기에 도배와 장판 비용까지 부담하려고 나간 것이다.

"흐음! 그때 뭘 해서 확 살아났지?"

현수는 3,000년 전의 기억을 더듬어보았다.

주방장의 짜카오무라이스는 스테디셀러였지만 결정타는 아니었다. 한 방에 확 커진 이유가 분명히 있었다.

"그게 뭐였지? 뭐였더라?"

워낙 오래되어 그런지 가물가물했다.

하지만 현수가 누구인가? 인류 역사상 단 한 번도 존재하지 않은 IQ 2,500이다. 250만 해도 세계 최고라는 소리를 듣는데 그 열 배가 넘는 것으로 추정된다.

혹자는 IQ를 측정할 때 기억력 관련 항목이 없어 상관관계가 높지 않을 것이라는 말을 했다.

하지만 현수의 기억력은 놀라울 정도이다.

전능의 팔찌 안쪽에 새겨진 브레인 리프레쉬 마법진이 끊임없이 뇌를 자극해 주는 덕분이다.

조금 전에도 3,000년 전의 맛을 기억해 내지 않았는가!

잠시 기억을 더듬던 현수가 손으로 무릎을 쳤다.

"아, 맞아! 샐러드 바였어. 그리고 샴페인이었지."

당시의 히야신스는 젊은 여성들의 취향을 제대로 저격했다. 그 결과는 문전성시였고, 대폭 확장으로 이어졌다.

현수는 예전의 기억을 떠올리며 카페 내부를 다시 한 번 살펴보았다. 어디에 무엇을 어떻게 배치했는지 생각해 본 것이다.

"근데 사장님이 투자를 하실까?"

"…엥? 그거 내게 하려는 말이죠? 근데 투자라뇨?"

막 지물포를 다녀온 사장이 들은 모양이다.

"장사 잘 안 된다면서요. 어찌하면 괜찮을까 싶어 생각 한

번 해봤습니다."

"설명이 필요할 것 같네요."

"제가 다닌 프리토리아 대학교 인근에는…."

적당히 각색하여 여성들이 선호하는 샴페인과 스파클링 와인을 곁들인 간이 샐러드 바로 바꿔보면 어떻겠느냐는 의견을 제시했다.

"으으음."

사장은 낮은 침음을 내며 팔짱을 낀다. 뭔가를 고심할 때의 습관이다.

인근에 샐러드 바가 없는 건 아니다.

채선당, 빕스, 애슐리, 자연별곡, 마루샤브 등에서도 샐러드 바를 운영한다.

히야신스보다 훨씬 규모가 큰 이들과 경쟁을 하여야 하고, 그런 식으로 바꾸려면 인테리어도 바꿔야 하며, 메뉴 전체를 리뉴얼해야 한다.

경영자로서 확신이 서지 않으니 당연히 고민하는 것이다.

"집중과 선택이 필요한 시기입니다. 가짓수를 줄이는 대신 질을 높이고 값을 저렴하게 책정하면 성공할 겁니다."

"한번 고민해 봐야겠네요. 아무튼 오늘은 됐고, 내일부터 나와요. 근로계약서는 신분회복이 된 후에 해야지요?"

"네, 알겠습니다."

"근무는 12시부터 오후 8시까지 8시간이고, 매주 일요일은 휴무예요. 그리고 시급은……."

사장은 페이를 얼마나 불러야 하나 고민했다. 의사라고 했기 때문일 것이다. 하여 빨리 결정하도록 도왔다.

"거처를 마련해 주시니 그냥 최저 시급으로 하시죠."

2016년의 최저 시급은 시간당 6,030원이다.

주 6일 근무이고 4.2주가 한 달이니 숙식을 제공받고 월 121만 5,000원 정도 받게 된다.

소득세, 국민연금, 건강보험료, 그리고 고용보험료까지 떼고 난 나머지는 110만 9,310원이다.

크다면 큰돈이고 적다면 적은 돈이다.

현수는 3,000년 가까이 돈에 구애받지 않는 삶을 살았다. 그리고 내내 세계 최고의 부자, 아니, 인류 역사상 전무후무한 재산을 가져 액수를 따지지 않는 삶을 살았다.

지금도 아공간만 활성화되면 수만 톤의 금괴를 꺼낼 수 있게 된다. 만능제작기로는 수천 톤의 다이아몬드를 만들어낼 수 있다.

현수에게 있어 히야신스에서의 알바는 평범하게 살아보는 일종의 유희이다. 무료하고 무미건조한 삶의 활력소 정도로 여긴다.

의사 면허를 따서 의사로 사는 것도 현수에겐 평범함 이상이 될 수 없다. 다른 직업을 선택하지 않은 것은 유희를 하더라도 존중은 받아야 하기 때문이다.

시중들어 주는 시녀와 시종이 즐비하던 황제로 살다가 갑자기 남들에게 무시당하고 싶지는 않았다.

어쨌거나 지금부터는 돈에 구애받지 않는 유희일 뿐이다. 그렇기에 최저 시급 운운한 것이다.

"정말… 그래도 될까요?"

"네, 저는 괜찮습니다. 여기 음식이 너무 맛있으니까요. 참, 밥은 주실 거죠?"

"아, 그럼요, 그럼요! 식사는 당연하죠. 알았어요. 일단 그렇게 시작합시다."

"네, 고맙습니다, 사장님!"

현수가 환히 웃으며 허리를 숙이자 사장은 흐뭇한 미소를 짓는다.

"내가 더 고마울 수도 있어요. 참, 방이 맨바닥이라 전기온돌 패널을 깔 거예요. 오늘은 그걸 시험해 보고 도배와 장판은 내일 하기로 했으니까 내일부터 쓰는 걸로 해요."

"네, 알겠습니다. 배려해 주셔서 감사합니다. 그리고 말 놓으셔도 됩니다. 제가 훨씬 어리잖아요."

"그, 그래도 될까요? 아니, 될까?"

"지금 당장 그러는 게 뭣하면 내일부터 놓으세요."

히야신스를 나서는 현수의 얼굴이 밝았다.

앞으로 최소 6개월은 '짜카오므라이스'를 먹을 수 있어서이고, 사장의 인품이 예전보다 훨씬 좋다고 느껴진 때문이다.

"도로시, 이만하면 평범한 거지?"

"네, 동의해요. 재미있겠어요. 폐하가 서민들을 상대로 서빙을 하는 거니까요."

"하하! 그래그래, 재미있을 거 같다."

현수는 환히 웃으며 지하철역으로 내려갔다. 옷 몇 벌을 사기 위함이다. 단벌로 지낼 수는 없지 않은가!

상하 내의와 양말, 그리고 캐주얼 바지와 셔츠, 운동화 등을 구입하느라 많은 돈을 썼다.

이제 남은 돈은 40만 원 정도이다. 정확히는 40만 2,000원이 남았다.

신분증명서가 없어서 신용카드는 물론이고 은행 계좌조차 개설하지 못하므로 주머니에 넣어두었다.

"도로시, PC방으로 갈 거야. 디스크 용량 넉넉하지?"

"뭘 얼마나 많이 담으시려구요?"

"이 시기의 의학 기술만 따로 담을 수 있지?"

미래의 의학 기술과 비교하면 현재의 의술은 원시시대나 마찬가지이기에 따로 담아야 한다.

미래의 의술을 쓸 수는 없기 때문이다.

"쳇! 양방과 한방은 물론이고 민간요법까지 몽땅 넣어도 널널하다는 거 뻔히 아시면서 왜 묻는 거죠?"

"걍… 심심해서."

"쳇! 컴퓨터나 놀리시고……."

PC방으로 들어간 현수는 웹 사이트 이곳저곳을 돌아다녔다. 그러는 동안 도로시는 인터넷을 통해 전 세계 의학 관련 자료들을 쓸어 담기 시작했다.

먼저 예과 1학년 때 배우는 기초부터 시작하여 본과 4학년까지의 전공 서적을 모조리 저장했다.

뿐만 아니라 수많은 의학 서적과 수술 동영상, 그리고 최근까지 발표된 각종 논문을 다운로드했다.

전 세계 거의 모든 석, 박사 논문이 포함되어 있다.

이 과정에서 도로시는 미래의 의술과 비교하며 오류가 있거나 낙후된 것들을 수정해두고 표시까지 해놓았다.

이 PC방의 컴퓨터는 사양이 좋은 편이고 다운로드 속도도 괜찮았다. 그리고 총 152대가 있다.

이걸 무선으로 병렬 연결하여 다운로드하고 있지만 워낙 방대한 자료인지라 하루에 끝낼 일은 아니다.

각각의 본체에 상당한 로드가 가해져 게임을 하던 이들이 투덜거렸지만 도로시는 깔끔하게 무시했다.

현수는 이런 상황인지 모르기에 누가 떠들던 개의치 않고 뉴스 검색 삼매경에 빠져 있었다.

자신의 기억과 대조하는 작업을 한 것이다. 다행히도 거의 대부분이 일치했다. 본인과 관련된 것들만 달랐다.

'끄응, 아무래도 내가 평행 차원으로 온 모양이군. 쩝! 이런

것도 있을 것이라고 계산하지 않은 내 잘못이네.'

현수가 자책하고 있을 때 도로시가 투덜거린다.

"위성만 제대로 가동되었어도 이런 것에 돈 쓰고 시간 쓸 일 없었을 텐데 말이죠."

도로시가 하고 있는 말처럼 스위치를 켜지 않고 궤도에 올려 버린 위성들만 정상 작동했다면 굳이 PC방에 있을 이유가 없다.

미래의 무선 기술은 현대인의 상상 이상으로 발달되어 있기 때문이다.

예를 들면 손등이나 팔목 안쪽에 이식해 놓은 '생체폰'은 위성 없이 지구와 달 사이의 통화를 가능하게 했다.

참고로 지구 표면에서 달 표면까지의 거리는 약 38만 3,000㎞나 된다.

전파가 오가는데 걸리는 시간이 있어 약간 답답할 뿐 통화 품질은 바로 곁에서 말하는 것과 같다.

그리고 미래의 무선 송수신 기술은 100만㎞까지 가능하다.

어쨌거나 현수는 자신의 실수를 순순히 인정했다.

"쩝! 내가 그러고 싶었겠어? 위성 같은 걸 직접 핸들링한 게 너무 오래돼서 깜박한 거야."

맞는 말이다.

황제가 어찌 그런 사소한 일을 하겠는가!

손가락 하나만 까딱해도 수백의 시녀와 시종들이 알아서

움직이는 삶을 살았다.

참고로 시종과 시녀는 전부 안드로이드이다. 모두 뛰어난 외모를 가졌는데 연예인들을 모델로 한 결과이다.

Chapter 05

—

알바를 시작하다

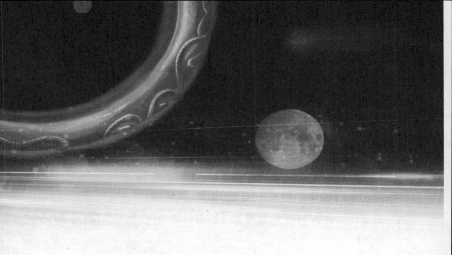

　"알아요. 근데 여긴 왜 이렇게 속도가 느려요? 병렬로 했음에도 완전 굼벵이예요. 답답해 미치겠어요."

　미래의 기술을 적용하여 최대한 속도를 끌어올렸지만 마음에 들지 않는 모양이다.

　통신사들이 초당 얼마까지 다운로드할 수 있다며 속도 경쟁을 벌이던 시절이 있었다.

　그러면서 '1기가바이트짜리 영화 한 편 다운 받는 데 8초 걸린다', '따라올 테면 따라와 봐' 등의 광고를 했다.

　그런데 2016년의 속도와 4946년의 다운로드 속도를 비교해 보면 대략 1대 10억 정도 된다.

미래엔 1~2기가바이트 용량의 영상은 만들어지지 않는다. 이유는 화질 및 음질이 너무 구려서이다.

4946년의 2시간짜리 영화는 편당 30테라바이트 정도 된다. 용량이 큰 이유는 3D 입체 상영이 되는 때문이다.

어쨌거나 1기가바이트짜리와 비교해 보면 대략 10만 배 정도 더 정교해진 화면과 음질이다.

이걸 전부 다운로드하는 데 걸리는 시간은 0.0025초 정도이다.

한 시간짜리 드라마는 15테라바이트 정도 되는데 한 편 다운받는 데 0.00125초 걸린다.

엔터키를 누르는 순간 다운로드가 완료되는 것이다.

그런 세상에서도 슈퍼컴퓨터로 분류되던 도로시이니 속도가 느리다고 투덜대는 것은 당연한 일이다.

"도로시, 여긴 2016년이라구. 네가 가진 것과 비교하면 원시시대나 마찬가지잖아. 원시인들이 쓰는 거라 그런 거니 그냥 그러려니 하고 조용히 해줘. 알았지?"

"네, 폐하."

도로시는 아주 올바른 비유라 생각하고 입을 다물었다.

현수는 느긋하게 뉴스를 열람했다. 묵음 모드가 된 도로시는 묵묵히 의학 관련 자료들을 모았다.

최신 사양 컴퓨터 152대를 병렬 연결한 결과 엄청나게 빠른 속도로 자료 수집이 이루어지고 있다.

도로시 자체가 가진 탁월하고 정교한 프로그램, 능력이 사용되기 때문이다. 그러면서도 투덜거린 것이다.

어쨌거나 비범하던 몸이 평범해졌으니 현수는 수면을 취해야 피로가 풀린다.

그러는 동안 도로시는 뇌에 과부하가 걸리지 않는 범위 내에서 수집한 자료를 각인시키는 작업을 할 예정이다.

이 지식은 직접 공부하여 기억한 것보다 훨씬 더 오래 저장된다. 가장 효과적인 방법으로 각인시키기 때문이다.

현수가 의사 행세를 하겠다고 마음을 먹고도 어떠한 의학 서적도 뒤적이지 않는 이유가 여기에 있다.

필기는 그렇다 쳐도 실기시험은 어찌 대비하느냐고 물을 수 있을 것이다.

"도로시, 의사 면허를 따면 수술을 해야 하는 경우가 있을 테니 그것도 준비하고 있는 거지?"

"물론이에요. 그런데 어떤 과를 전공하실 건지요?"

"글쎄? 외과? 내과? 뭘 전공할까?"

의학개론엔 내과와 외과를 이렇게 구분해 놓았다.

외과는 실제적이며 기술적인 것이다.

내과는 임상의학의 근간을 이루고 있는 영역으로 외과학에 대응하는 개념이다.

과학이 성립되려면 머리와 손 양쪽이 다 필요한데 내과는 '머리', 외과는 '손'을 중히 여기는 학문이다.

"수술은 주로 외과가 하지?"

"아무래도 그렇지요."

"일단 외과 중심으로 해줘."

"알았어요. 외과 전 분야의 각종 수술을 아주 능숙하게 할 수 있도록 해드릴게요."

뇌에 각종 의학 지식이 다운로드 되는 동안 다른 한편에선 수술 동영상들이 고속으로 재생될 것이다.

수술 난이도에 따라 차이가 있겠지만 1시간짜리가 대략 60초 정도에 재생된다. 60배나 빠른 속도지만 내용은 확실하게 기억될 것이다.

그러는 동안 현수의 근육 또한 같이 움직인다.

모든 수술을 본인이 직접 하는 것 같이 움직이는 것이다. 그 결과 같은 수술을 100번 이상 한 것처럼 능숙해진다.

"전 분야라면 일반외과, 정형외과, 흉부외과, 신경외과, 간담췌외과, 위장관외과를 말하는 거지?"

"대장항문외과와 이식외과, 그리고 소아외과와 성형외과, 마지막으로 외상외과가 빠졌어요."

"그런가? 지금은 그렇게 분류해? 시간은 얼마나⋯⋯?"

"외과의 모든 분야, 모든 수술을 마스터 수준으로 끌어올리는 데 걸리는 시간은 대략 75일 정도예요."

1시간짜리 수술 동영상 3만 6,000개가 재생되는 데 걸리는 시간이다.

"그래? 다른 진료 과는 안 해줄 거야?"

"원하시면 안과, 산부인과, 이비인후과, 및 치과 수술까지 마스터하실 수 있어요. 이것도 75일 정도 걸려요."

　3만 6,000개의 동영상을 보게 될 것이라는 뜻이다.

"복강경과 로봇 수술을 포함한 거야?"

"당연한 말씀이세요. 하루에 8시간의 수면을 채우시면 전부 가능해질 거예요."

"끄응, 매일 여덟 시간이나 자야 해? 내가 그렇게 오래 자본 게 언젠지 기억도 안 나."

　잠을 자지 않아도 피로가 쌓이지 않는 몸이라 24시간 깨어 있으면서 명상, 또는 연구를 했다. 덕분에 깨달음을 얻어 더 높은 경지에 오를 수 있었다.

"3,000년쯤 전에는 주무셨잖아요."

"그래, 그랬지. 아무튼 잘 부탁해."

"당연한 말씀이세요. 폐하께선 최고의 만능 의사가 되실 겁니다. 모든 의과의 모든 수술을 가장 빠르고 가장 확실하게, 그리고 가장 안전하게 수술해 내게 될 거예요."

"후후, 고맙네."

　생각만으로도 뿌듯한 느낌이다.

"참, 수의학 쪽은 어떻게 할까요?"

"수의학? 아, 개나 고양이, 소, 말 이런 동물 관련이지? 기왕이면 할 수 있는 게 좋겠지? 다다익선(多多益善)이니까. 그리고 어디서 어떤 동물을 만날지 모르니까."

"알겠어요. 수의학 관련 데이터도 넣어드릴게요. 순위는 가장 마지막이에요."

"그래. 그건 의사 면허 딴 다음에 넣어줘도 돼."

이날 밤부터 현수의 뇌엔 각종 의학 지식이 기록된다. 이 지식은 단순히 암기된 상태로 저장되는 것이 아니다.

예를 들어 JAMA[3], Lancet[4], NEJM[5] 같은 의학저널에 기재된 새로운 수술 방법 관련 논문의 내용이 입력되면 이와 관련된 여타 지식과 유기적 대조 및 결합이 이루어지면서 완벽하게 이해한 상태가 된다.

어떤 경우엔 논문 발표자보다도 더 상세하게 설명할 수 있게 되며, 모든 질문에 답변할 수 있는 수준이 된다.

도로시의 말처럼 모든 질병에 대응하는 만능 의사가 태어나려는 조짐이다.

*　　　　　*　　　　　*

---

3) JAMA : Journal of the American Medical Association, 미국 의학협회 학술지
4) Lancet : 영국 의학협회 학술지
5) NEJM : New England Journal of Medicine. 국제학술지 신뢰도 평가 1위인 저널(정기적으로 간행되는 신문이나 잡지)

2016년 2월 3일 수요일 오전 10시 30분.

현수는 히야신스 사장과 식자재 창고로 쓰던 공간 앞에 있다.

"자, 문을 열어보게."

"네, 사장님."

낡은 목재 문은 고급 방화 문으로 교체되어 있고, 디지털 도어록까지 장착되어 있다.

"현재의 비번은 1234네. 설명서가 있으니 그걸 보고 원하는 숫자로 바꾸게."

"네."

삐, 삐, 삐, 삐—!

삐리릭, 철커덕—!

손잡이를 누르며 당기자 부드럽게 열린다.

어제까지만 해도 시멘트 바닥과 벽이 그대로 노출되어 있던 창고는 상전벽해 되어 있다.

벽과 천장은 아이보리색 실크 벽지로 도배되어 있고, 바닥은 강화마루가 깔려 있다.

벽에는 전기온돌 패널 조절기가 붙어 있다. 신을 벗고 들어서 보니 발바닥에서 온기가 느껴진다.

한 가닥 전선에 매달려 바람이 불 때마다 그네를 타던 백열전구는 깔끔한 LED 등으로 교체되어 있고 스위치도 새것으로 교체되어 있다.

낡고 비틀려 있어 바람이 숭숭 들어오던 알루미늄 새시는 방음과 단열 효과가 좋은 하이새시로 바뀌었다.

안쪽에 놓인 싱글 침대 위엔 침대 커버와 이불 한 채, 그리고 베개가 세트로 놓여 있다.

책상과 의자도 있고 작은 옷장도 하나 있다.

"사장님, 저를 뭘 믿으시고……."

사장에게 있어 현수는 어제 처음 본, 그야말로 집도 절도 없는 딱한 처지의 청년일 뿐이다.

외국에서 의사 생활을 했다지만 아직 국내 면허를 취득한 것도 아니다. 그리고 취득한다는 보장도 없다.

그런데 상당히 많은 돈을 쓴 흔적이 보인다.

혹한의 겨울이라곤 하지만 생판 남에게 이렇게 베풀기가 어찌 쉽겠는가! 게다가 히야신스는 장사가 잘 안 돼서 폐업을 고려해야 하는 지경이다.

2,961세나 되었지만 현수는 울컥하며 눈두덩이 뜨끈해지는 느낌을 받았다. 콧날도 조금은 시큰했다.

"6개월은 꼭 있어줘야 하네."

사장은 이 방을 꾸미느라 든 돈을 뽑는 데 두 달이면 충분하다고 생각했다.

미혼인 훈남 의사가 서빙한다는 소문이 나면 타 지역 여대생들은 물론이고 인근 직장인들까지 몰려오리라 생각한 것이다.

2월은 현수가 적응하는 기간이고 소문나는 기간이다.

학기가 시작되면 한 달 안에 창고를 방으로 바꾼 비용 전부를 뽑아낼 것이라 생각하고 있다.

그러면서도 6개월을 강조한 것은 이곳에서 마음 편히 있으면서 의사 예비시험을 준비하라는 배려였다.

금방 가겠다고 해도 잡아둘 명분이 없으니 이렇게라도 생색을 내서 마음의 빚을 지우려는 의도도 있다.

전자와 후자의 비율을 굳이 숫자로 따지라고 하면 5대 5 정도 될 것이다.

"네, 꼭 있겠습니다. 다만 면허를 취득하면 레지던트 과정을 수료해야 해서 그때는 근무하기 어렵습니다."

"그래그래, 그땐 당연히 그래야지."

"고맙습니다."

"고맙긴… 일단 좀 쉬게."

"네, 사장님."

사장이 나가자 기다렸다는 도로시가 투덜거린다.

"기왕 해주는 거면 인터넷 선도 끌어다 주지."

"무선 접속 기술이 있으면서 왜 그래?"

"쳇! 그래도요. 가까이 있으면 편하잖아요."

"내 신분이 복원되면 휴대폰을 살 수 있어."

"이 시대의 와이파이 기술을 쓰라고요?"

"그래. 네 능력이면 증폭 가능하잖아."

도로시는 미래 기술의 집약체이다. 그렇기에 얼마든지 속도 증폭이 가능하다.

"차라리 인공위성을 하나 만들죠. 저 궤도로. 최상급 마나 석이 있으니 그걸 만드는 게 훨씬 빠를 것 같아요."

"흐음! 그게 가능해? 만능제작기도 쓸 수 없는데."

현수가 관심 있다는 듯 이야기하자 도로시는 한 발 물러선다. 에고를 가진 슈퍼컴퓨터가 아니라 연애의 고수인 듯 밀당을 하는 것이다.

"불가능하진 않아요. 폐하가 번거롭게 왔다 갔다 해야 해서 그렇지요. 그건 귀찮으시죠?"

"뭐, 꼭 해야 한다면 해야지 어쩌겠어? 스위치도 안 올리고 위성들을 올려놓은 죄가 있으니."

"나중에요. 진짜 필요하면 그때 말씀드릴게요."

이때 노크 소리가 있었다.

똑, 똑, 똑─!

"네, 문 열렸습니다."

"어라? 아무도 없는데… 통화 중이었나?"

*   *   *

"아닙니다. 저 혼자 중얼거렸습니다. 전 아직 신분 복원이 안 돼서 휴대폰이 없습니다."

"그렇지? 참, 이건 근무복이네. 맞나 입어보게."

사장이 건넨 것은 짙은 감색 바지와 줄무늬가 있는 흰 와이셔츠다. 그리고 붉은색 넥타이도 있다.

"제 사이즈는 어찌 아시고……?"

"눈대중으로 보았네. 입어보고 크거나 작으면 말하게. 금방 바꿔올 수 있으니."

"네, 알겠습니다."

사장이 문밖으로 나가 있는 동안 근무복을 입어보았다. 소매만 약간 짧은 듯한 느낌이고 나머진 다 맞다.

"다 입었는가?"

"네. 들어오셔도 됩니다."

다시 문이 열렸고, 사장은 현수의 위아래를 훑어본다.

"흐음, 이발은 해야겠군."

"네, 해야죠."

머리카락은 시간이 지나면 자란다. 그러니 사장이 원하는 대로 하겠다는 의미의 대답이다.

"옷은 벗어주게. 세탁소에서 다려 올 테니. 그새 이발소를 다녀오게."

"알겠습니다."

서둘러 벗고 인근 이발소로 향했다.

머리를 다 깎고 복귀하는데 사장이 여벌의 근무복을 들고 들어선다. 그런데 아까보다 많다.

한 벌만으론 부족하다는 것이다.

'칫! 옷 괜히 샀네. 별로 마음에도 안 들었는데.'

어제 지하상가에서 사서 물품보관함에 넣어둔 옷들을 생각하며 입맛을 다셨다.

세상 부러울 것 없는 황제로 생활하다 노브랜드 저가 캐주얼웨어를 보았으니 어찌 마음에 들겠는가!

'반품 안 된다고 했던가?'

지하상가 입구에 큼지막하게 쓰여 있던 문구를 떠올리고는 고개를 흔들었다. 지금 와서 후회해 봐야 아무 소용 없음을 잘 알기 때문이다.

잠시 후 현수는 잘 다려진 근무복을 입고 홀로 들어섰다. 주방 모자를 쓴 반가운 얼굴이 보인다. 50살쯤 되었다.

"자, 이쪽은 우리 히야신스의 주방장 신호철 쉐프네. 이쪽은 김현수 씨입니다. 서로 인사하세요."

"반갑습니다. 김현수라고 합니다."

"주방을 맡고 있는 신호철이네."

"쉐프님 짜카오므라이스가 너무 맛있어서 여기에서 일하게 해달라고 사장님을 졸랐습니다."

돌려 말하는 칭찬이다.

"아, 그런가?"

현수의 액면은 25세로 보인다. 올해 52살이 된 신호철의 아들과 같은 나이다. 그래서 그런지 대뜸 말을 놓는다.

현수는 아무런 불만도 없다. 정말 먹고 싶던 음식을 만들어 줄 사람이기 때문이다.

"자자, 장사 준비 합시다. 현수 씨는 어디에 무엇이 있는지 살펴보고 홀 청소를 해주게. 청소 도구는 저쪽……."

말을 하던 사장이 고개를 갸웃거린다.

알려주지도 않았는데 청소 도구가 있는 간이창고의 문을 열고 있기 때문이다.

"뭐지?"

고개를 갸웃거릴 때 현수는 빗자루로 홀 바닥의 쓰레기를 쓸어냈다. 그러곤 대걸레로 쓱쓱 닦아낸다.

"쩝! 클린 한 방이면 되는데 이걸 언제 다 하지?"

"폐하, 아직은 마법을 쓰실 수 없어요."

"알아. 그냥 그렇다고."

걸레질을 하고 있지만 현수는 웃고 있다.

거의 3,000년 만에 처음으로 바닥을 닦고 있으니 제대로 된 유희를 하는 기분이 든 것이다.

황제의 신분으로 있다가 졸지에 웨이터가 되었다.

휴먼하트의 적응만 끝나면 언제든 다시 원래의 위치로 되돌아갈 수 있으니 아주 마음 편한 유희이다.

아무튼 히야신스는 12시 정각에 문을 열었지만 점심 손님은 불과 세 명이었다.

매상이라곤 7,000원짜리 짜카오므라이스 셋뿐인데 오후 3시가 넘어가고 있다.

그 후로도 한참 동안 손님이 없었다. 진짜 장사가 안 된다.

무료해진 현수는 카페 이곳저곳을 돌아보며 청소와 정돈을 했다.

손길이 닿는 곳마다 더러움이 지워지고 어지럽게 널려 있던 것들이 깔끔하게 정리되었다.

손에 걸레를 들어본 기억을 더듬어보니 정확히는 2,930년 전의 일이다. 결혼하고 얼마 안 지났을 때 바닥에 주스를 흘려 황급히 닦아냈다. 하여 흔쾌한 마음으로 일을 하며 콧노래를 불렀다.

하지만 낡은 인테리어는 그대로다.

아무리 심하게 망가진 것이라도 즉시 원상태로 되돌리는 9서클 복원 마법 '레스터레이션(restoration)'을 쓸 수 없기 때문이다.

이걸 구현시키면 다 부서진 접시라도 갓 도요(陶窯)에서 나온 것처럼 말짱하게 복구된다.

물론 깨진 조각 전부가 있을 때의 일이다. 일부가 부족하면 그 부분을 제외한 나머지만 복구된다.

아무튼 이건 현수가 창안해 낸 마법이다.

9서클 '안티에이징(Anti—ageing)'과 10서클 '리버스에이징(Reverse—ageing)' 마법도 창안했는데 이를 구현시키면 세상의 이치를 거스르는 진짜 마법 같은 일이 벌어진다.

안티에이징은 단순히 노화를 멈추게 하는 것이지만, 리버스에이징은 세월을 거스르는 것이다.

다시 설명하자면 안티에이징은 체내의 장기가 더 이상 노쇠하지 않도록 현 상태를 유지하고 겉모습 역시 현재의 모습을 계속 유지하도록 하는 것이다.

대상에게만 세월이 멈춘 듯한 효과를 낸다.

이보다 상위 마법인 리버스에이징은 체내의 장기가 점점 더 싱싱해지고 겉모습은 조금씩 젊어지게 해준다.

이는 한 번에 일어나는 일이 아니다.

지구를 기준으로 하면 하루에 일주일씩 젊어진다.

1대 7의 비율이니 매년 7년씩 젊어지는 것과 같다. 이렇게 젊어지는 것은 그 사람의 전성기 때에 가서 멈춘다.

대략 22~23세의 나이가 되었을 때다.

이는 사랑하는 아내들을 위해 창안했다.

이를 만들어내기 위해 현수는 네크로맨서 계열 9서클 리치이던 '아무리안 델로 폰 타지로칸'의 마법서 1,800여 권을 탐독했다.

뿐만이 아니다.

마인트 대륙의 황태자 '슐레이만 로렌카'의 연공실과 전용 서고에서 가져온 8,600여 권의 마법서까지 샅샅이 훑었다.

멀린의 백마법은 생명의 근원에 대한 연구가 부족했다.

이에 비해 사람 목숨을 파리 목숨 정도로 여기던 슐레이만은 흑마법사이다. 수많은 생명을 연구의 제물로 삼았다.

당연히 엄청난 연구 결과가 쌓여 있었다.

네크로맨서 계열인 아무리안 역시 생명의 무게를 가볍게 여겨 수많은 생체실험을 한 바 있다.

그렇게 하여 생성된 연구 실적을 참고하여 안티에이징과 리버스에이징 마법을 창안해낼 수 있었던 것이다.

그 결과 사랑하는 아내 모두 22세 정도의 외모를 평생토록 유지했다. 마지막 50년만 천천히 늙었을 뿐이다.

현수는 오랜 참오를 하는 동안 멀린의 그것보다도 마나 효율을 좋게 하는 방법을 찾아냈다.

비약적으로 좋아진 두뇌 덕분이다. 그 결과 고 서클 마법 대부분이 2서클 정도 낮아지는 효과가 발생했다.

상처를 치유케 하는 힐(heal)은 2서클, 퍼펙트 힐은 4서클 마법이 되었다.

힐은 외상을 아물게 하는 데 속도가 느리고 흉터가 남을 수 있다. 퍼펙트 힐은 더 빠른 속도로 아물게 하고 흉터도 남지 않는다.

현수가 창안한 앱솔루트 힐은 6서클 마법이다.

흉터 없이 신속히 상처를 아물게 할 뿐만 아니라 손상된 내부 조직까지 치료해 낸다.

본시 7서클 마법이던 리커버리는 5서클 마법사도 충분히 시전할 수 있게 되었다.

이 밖에 7서클 퍼펙트 리커버리와 9서클 앱솔루트 리커버리가 창안되었다. 물론 현수가 한 일이다.

8서클 헬파이어는 그대로 8서클 마법이다. 대신 범위와 열기가 엄청나게 늘어났다.

어쨌거나 히야신스는 장사가 안 돼도 너무 안 됐다.

"사장님이 얼른 결심을 하셔야 할 텐데……."

주방을 맡고 있는 신호철 주방장은 응용력이 좋은 쉐프이다. 그래서 차별화된 샐러드 바를 구성할 수 있다.

이전엔 그 덕에 폭발적으로 손님이 늘어났다. 이번에도 그럴 것이라 믿어 의심치 않았다.

현수가 나직이 중얼거릴 때 강주혁 사장이 이를 들은 모양이다.

"샐러드 바를 얼른 하자고?"

"아, 들으셨어요? 제 생각엔 하루라도 빨리 하시는 게 좋을 것 같습니다. 개학하기 전에 해야……."

현수의 말은 중간에 잘렸다.

"안 그래도 생각 중이야. 그래서 인근 샐러드 바들을 둘러보고 왔네. 주방장님과 상의해야겠어."

"죄송합니다. 이제 처음 일을 시작하면서 주제넘게 말한 것 같아서요."

"아냐. 죄송할 일이 아니지. 나는 자네가 그런 의견을 내준 것이 오히려 고마워."

말이야 바른 말이다.

대부분의 알바생은 사장이 돈을 많이 벌건 못 벌건 개의치 않는다.

그저 자신들이 받을 페이만 제 날짜에 또박또박 받기를 원할 뿐이다.

개중엔 바쁜 가게가 싫은 경우도 있다.

강주혁 사장이 경험한 알바 대부분이 여기에 속했다.

작년에 근무한 어떤 알바생은 손님이 가급적 안 오기를 바랐다. 텅 빙 가게에서 휴대폰이나 만지며 시간을 때우기를 바란 것이다.

가게가 바쁘건 말건 무단결근 등 불성실 근무를 일삼는 알바생들이 있었지만 해고가 쉽지 않았다.

고용주가 해고 30일 이전에 예고해야 하거나 즉시 해고 시한 달 분 임금을 지급해야 하는 근로기준법을 악용하는 알바생들도 있기 때문이다.

전날 술을 많이 마셔놓고 매번 아프다면서 지각하거나 결근하던 알바생에게 해고 통지를 했더니 미리 얘기하지 않았다고 노동청에 신고했다.

그래서 벌금으로 80만 원이나 냈다.

지각이 잦고 업무가 미숙한 알바생에게 잔소리 좀 했더니 다음날 문자로 계좌번호를 보내며 전날까지 일한 페이를 즉시 보내지 않으면 신고한다는 녀석도 있었다.

어떻게 이럴 수 있느냐고 하니까 '저는 쓰레기예요' 라는 답신이 왔다.

그 후론 가급적 알바를 쓰지 않았다.

정나미가 뚝 떨어진 것이다. 정말 바쁘거나 외부에서 일을 봐야 할 때엔 문을 닫거나 조카들을 불러 일을 시켰다.

물론 제대로 된 시급을 지급했다.

그런 강 사장이 초면인 현수를 고용한 것은 돌파구가 필요했기 때문이다.

논어(論語) 술이편을 보면 '삼인행필유아사' 로 시작하는 문구가 있다.

참고로 술이편은 공자의 학문 태도뿐만 아니라 그의 덕행(德行)과 이상(理想)에 관한 말이 실려 있다.

三人行必有我師焉 擇其善者而從之 其不善者而改之
삼인행필유아사언 택기선자이종지 기불선자이개지

셋이 길을 가면 그중 내 스승이 될 만한 사람이 있다.

좋은 것은 좇고 나쁜 것은 고치니, 좋은 것도 나의 스승이 될 수 있고 나쁜 것도 나의 스승이 될 수 있다.

강주혁 사장은 현수의 의견을 허투루 듣지 않았다.

타개책이 필요하던 시점인지라 귀담아들었고, 이를 신중히 고려하였다. 하여 인근 샐러드 바를 다 돌아보았다.

어떻게 운영이 되는지, 무엇을 갖춰놓았는지를 세심히 살폈고, 손님들의 반응 또한 살폈다.

낮이고 밤이고 남자보다는 여자 손님이 많았다.

연령도 20대 초반부터 시작하여 50대 후반까지 다양했다. 그리고 대체적으로 장사가 잘되는 편이었다.

강 사장은 밤새 곰곰이 생각해 보았다.

남들과 똑같이 해서는 성공할 가능성이 낮으니 어떻게 하면 차별화가 될지를 고심한 것이다.

그러던 중 현수가 말한 샴페인과 스파클링 와인을 주목했다. 남성보다는 여성들이 선호하는 주류(酒類)이다.

그리고 소주나 맥주에 비해 수요가 적어서 그런지 생각보다 저렴한 가격에 매입할 수 있었다.

그리고 보니 예전에 누군가로부터 들은 이야기가 있다.

― 모름지기 장사란 여자들을 상대로 하는 걸 해야 해. 까다롭기는 하나 남자보다 지갑을 잘 열거든.

― 맞아. 비싸도 턱턱 잘 사.

― 불경기에도 여자 손님은 그리 많이 줄지 않지.

— 아무리 어려워도 아이들 학원비와 본인 미용비는 웬만하면 줄이지 않아. 마지막에 끊는 것이 학원비 같지? 아냐. 본인 화장품 값, 본인 다이어트 비용이 마지막이야.

　— 암튼 여자들을 상대로 장사해야 롱런할 수 있어.

Chapter 06

—

노래하세요

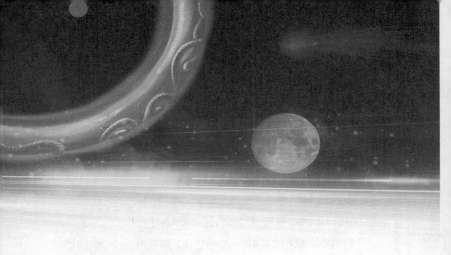

"흐으음!"

강 사장은 턱을 괸 채 멍한 시선이 되었다. 깊은 상념 속으로 잠겨드는 모습이다.

'인테리어부터 바꿔야겠지? 돈이 많이 들까? 메뉴는? 다른데 없는 메뉴를 개발해야 하는데…….'

강주혁 사장이 고심에 잠겨 있을 때 도로시의 음성이 현수의 고막을 자극한다.

"폐하, 긴급 보고 사항이 있습니다."
"긴급 보고? 뭔데?"

"폐하의 누이동생이 확인되었습니다."

"뭐? 누이동생? 난 형제가 없어."

현수는 자다가 봉창 두드리는 소리 하지 말라고 하려 했다. 그보다 먼저 도로시의 보고가 이어졌다.

"아닙니다. 올해 나이 25세인 여동생 김현주 님이 있습니다. 1991년 12월 6일생으로 현재 중구 만리동 소재 '일신어패럴'이란 소규모 봉제공장에 근무 중입니다."

"김현주라고? 이름이 비슷하면 다 형젠가? 난 독자야."

"아닙니다. 주민번호 911206—2145775인 김현주 님은 현재 서울시 중구 만리재로 26가길 18—3 지층 B02호에 거주하고 있습니다."

"뭔 소리야?"

"김현주 님의 학력은 중졸, 의무 기록을 보니 2004년에 실어증(aphasia)이 시작되었습니다. 부친의 교통사고 현장을 목격한 이후의 일인 것으로 기록되어 있어요."

"교통사고 현장을 목격했다고? 그럼 아버지가?"

"네. 제가 찾은 자료에 의하면 뺑소니 사고를 당해 응급실로 옮겼으나 이미 사망한 것으로 기록되어 있어요."

"그래서 실어증?"

"네, 심리적 충격으로 인해 입으로 소리를 내는 구음기관의 뚜렷한 기능 부전이나 의식의 혼탁 없이 언어 기능에 장애가 발생한 듯하네요."

"끄응! 어머니는 어떻게 돌아가셨어?"

"모친은 심장마비로 돌연사하셨습니다."

"……!"

현수는 잠시 말을 잇지 않았다.

아버지는 뺑소니 교통사고, 어머니는 심장마비로 사망했다. 아들은 고졸인데 돈 벌겠다고 배 타고 나갔다가 실종되었고, 딸은 중졸 학력에 말을 못한다.

물론 가진 재산은 미미할 것이다. 뭐 이리 박복한 집안이 있는가! 하여 잠시 말을 끊은 것이다.

그러거나 말거나 도로시의 보고는 계속되었다.

"김현주 님은 일곱 살 무렵의 화상으로 오른쪽 팔과 얼굴이 심하게 얽어 있습니다."

"누이동생 같은 거 없다니까."

도로시는 현수의 말을 무시하고 보고를 이어갔다.

"거주지 면적은 13.2평이에요. 같은 주소에 28세 강은주와 31세 김인혜가 주민등록이 되어 있으며, 예금 잔액은 136만 7,522원입니다."

"도로시, 난 누이동생 같은 거 안 키운다니까."

"폐하의 부모님 사이에서 출생한 누이동생이 맞아요."

너무도 확고한 답변이다.

"확실해?"

"DNA 대조 결과 누이동생 확률이 98.83%네요."

"끄응!"

이쯤 되면 친동생이라는 뜻이다.

이전엔 한 번도 형제를 가져보지 못했기에 현수는 외롭게 성장했다. 그래서 동생이 있었으면 하는 생각을 했다.

물론 거의 3,000년 전의 일이다.

그런데 상상치 못한 친동생이 있다고 한다.

보고 내용으로 유추해 보면 한 번도 본 적이 없는 누이동생은 말을 못하는 장애인이고, 외모가 흉측하며, 가난하고, 학력이 낮고, 최하층 생활을 간신히 유지하고 있다.

어찌해야 하는지 생각할 새도 없이 도로시의 보고가 이어진다.

"일신어패럴의 현재 종업원 수는 12명이며, 김현주 님의 급여는 140만 원인데 지난 3개월간 지급되지 않았습니다."

"……!"

"일신어패럴의 사장은 현재 다중채무자이며, 심각한 경영난을 겪고 있어요. 참고로 더 이상 제공할 담보가 없네요."

갈수록 태산, 엎친 데 덮친다, 설상가상(雪上加霜) 등의 어휘가 떠오른다. 누이동생인 현주는 가난한데 석 달이나 월급을 못 받았고, 곧 직장을 잃게 된다는 뜻이다.

"어휴!"

이걸로 끝이 아닌 모양이다.

"김현주 님의 계좌를 확인해 보니 살고 있는 방의 월세를 단독으로 부담하고 있는 것 같아요."

동거하고 있다는 강은주와 김인혜가 박봉에 말도 못하는 나이 어린 장애인의 곁에 거머리처럼 달라붙어 피 같은 돈을 빨아먹는 모양이다.

"놔두실 거예요?"

"그럼 어떻게 해? 나도 내 한 몸 뉘일 데가 없어서 코딱지만 한 방에서 살게 되었는데."

"……!"

이번엔 도로시가 말이 없다. 현 상황에서 어떻게 대체해야 하는지 수없이 연산해 보았으나 뾰족한 수가 없어서이다.

"마법을 쓸 수 없어서 당장 뭔가를 해줄 수 없는 상황이야. 얼른 돈이나 벌어야겠다."

현수는 눈을 감았다. 이제부터 가장 빨리 목돈을 벌 수 있는 방법을 강구해야 한다.

"흐음! 신약은 어떨까? 그거 내놓기만 하면 떼돈 벌잖아."

"쳇! 식약처에서 허가 떨어지려면 몇 년 걸리는 거 아시죠? 그리고 공장 있어요?"

"끄응! 없구나. 그럼 뭐가 있지?"

"당장은… 아, 한 가지가 있네요."

"아, 그래? 뭐? 뭐가 있는데?"

"근데 생각해 보니 단숨에 돈을 벌 수 있는 건 아니네요. 쉽지도 않을 거구요. 진입 장벽이 너무 높아서."

"뭔데?"

"폐하의 젊은 시절에 엄청난 돈을 번 게 있잖아요."

"내 젊은 시절? 엄청난 돈? 그런 건 많았지. 쉐리엔도 그렇고 스위티 클로버도 그렇고, 항온의류나 미라힐, 그리고 바이롯이나 스카이모빌 같은 거 다 그랬잖아."

엘릭서(Elixir)는 만병통치에 가까운 효능을 지닌 것으로 회복 포션과 마나 포션을 섞은 것이다.

이거 한 병이면 당뇨, 고혈압, 동맥경화 등 웬만한 질병은 다 다스려졌다. 생명과 직결되어 있지 않은 무좀이나 피부병 같은 것들은 서비스로 치료된다.

당연히 싸지는 않았다. 그런데 1회용 소모품인 이것이 거의 매일 1억 병 이상씩 팔려나갔다.

얼마나 많은 돈을 벌었겠는가!

스카이모빌은 하늘을 나는 자동차이다. 반중력 마법과 추진 마법 등이 결합된 일종의 아티팩트이다.

인공 마나석이 에너지를 공급하는 반영구 비행 장치이기도 하다. 마나가 소모된 마나석은 화성에서 재생되었다.

화성은 마나의 보고였다. 학자들의 분석에 의하면 인류가 50억 년 이상 풍족하게 사용할 만큼 진했다.

어쨌거나 스카이모빌에는 추락 방지 장치와 충돌 상황이 감지되면 자동으로 블링크 마법이 구현되게 되어 있다.

어느 한쪽의 고도가 5m만 달라지면 될 일이다.

참고로 일반적인 RV카의 전고는 1.7m에서 조금 빠진다. 대형버스와 25톤 트럭도 3.5m 정도이다.

미래엔 이런 걸 감안하여 차종별 고도가 결정된다.

화물차 등 중량이 나가는 것들의 고도는 10m이고, 승용차는 그보다 10m 위에서 운행된다. 따라서 어느 한쪽이 5m 정도 이동하더라도 충돌이 빚어질 수 없다.

당연히 자동차 시장의 판세가 단숨에 바뀌게 된다.

휘발유나 경유를 사용하는 차량은 물론이고 전기자동차와 수소자동차까지 모조리 역사의 뒤안길로 사라진다.

스카이모빌의 등장 덕분이다.

참고로 인구 73억 5,000만 명인 2015년 통계를 보면 전 세계 자동차 대수는 약 12억 대이다.

2100년의 인구는 약 40억 명이다.

같은 비율이라면 6억 5,000만 대 정도여야 하지만 실제로는 약 25억 대가 운행된다.

2100년에는 대당 20,000여 개이던 부품 수가 4,000개 이하로 줄어든다. 엔진과 미션 등 파워트레인 계통이 간결해지는 결과이다. 당연히 저렴해진다.

게다가 유지비는 기존의 50분의 1 정도이고, 안전하며 정숙하고 비행하는 기분마저 느끼게 한다.

누가 비싸고 유지비 많이 들며 공해까지 내뿜는 기존의 차량을 타려 하겠는가!

어쨌거나 현수가 벌어들인 돈은 어마어마했다. 대당 100만 원씩만 남겼어도 2,500조 원이다.

"그거 말고도 엄청나게 벌어들인 게 또 있어요. 힌트는 별 힘도 안 들이고 번 거예요."

"그래? 그런 게 있었어? 근데 힘을 안 들였다고? 뭐지? 아, 생각났어. 혈관 청소해 주는 거?"

성인병의 주요 원인 가운데 하나인 혈관 문제를 완전하게 해결해 준 의료용 나노 로봇 '클린봇'을 이야기한 것이다.

한 번 체내로 투입되면 평생토록 혈관 내에 침착되어 있는 중성지질 등을 완벽하게 제거해 준다.

아울러 HDL과 LDL의 균형까지 잡아준다.

뇌졸중, 협심증, 심근경색, 고혈압, 당뇨병, 동맥경화, 고지혈증 등의 위험으로부터 안전해지는 것이다.

이것 역시 현수가 개입하지 않았으면 상상으로만 존재했을 것이다. 모터나 배터리가 장착되어야 하는데 그만한 크기를 제작할 수 없기 때문이다.

이를 해결한 것은 리듀스 마법이다.

멀린의 4서클 축소 마법은 지금은 2서클이 되었는데 모든 길이가 2분의 1로 줄어드는 것이었다. 6면체의 경우 가로, 세로, 높이를 반으로 줄이니 부피는 8분의 1이 된다.

이것만 해도 대단한 것이었다.

현수는 이를 개량하여 4서클 데시─리듀스(deci─reduce)를 창안해 냈다. 원래 길이의 10분의 1로 줄여주는 마법이다.

그런데 문제가 있었다. 부피는 줄어드는데 무게가 줄지 않았다. 하여 무게를 줄이는 마법에 몰두하였다.

그 결과 4서클이던 경량화(weight lightening) 마법도 2서클이 되었다. 그리고 원래의 무게를 10분의 1로 줄이는 4서클 데시─라이트닝(deci─lightening)이 만들어졌다.

부피와 무게를 모두 조화롭게 줄일 수 있었기에 나노 로봇이 실용화될 수 있었다. 명칭은 이러하지만 이것의 크기는 0.002㎜ 정도 된다. 진정한 나노는 아닌 것이다.

참고로 가장 가는 모세혈관의 굵기가 대략 0.01㎜ 정도 되니 나노 로봇은 얼마든지 이동 가능하다.

"아뇨. 그거 말고 가만히 앉아 있어도 떼돈이 쏟아져 들어오던 거요."

"그래? 그런 게 또 있었어? 뭘까?"

현수는 예전의 일을 떠올렸다.

이실리프 제국의 기틀이 완전히 닦인 후 거의 모든 분야를 한 번씩은 살펴보았다.

널린 게 시간이고 마법사 특유의 호기심 때문이다. 그로 인해 인류는 비약적인 발전에 발전을 거듭할 수 있었다.

그 결과 23세기는 눈만 뜨면 새로운 제품이 쏟아져 나오는 시기였다. 당연히 이것저것 많은 것들을 떠올렸다.

하여 대답이 늦어지자 성질 급한 도로시가 나선다.

"힌트 하나 드려요?"

"좋지. 그게 뭔데?"

"입으로 하는 거예요."

"입으로? 먹는 건가?"

"먹는 건 아니에요."

"그래? 그럼 뭐지? 흐음, 입으로라……."

먹는 거 말고 입으로 할 수 있는 게 뭘까 생각하는데 도로시는 그 시간도 참을 수 없었나 보다.

"지현에게!"

"지현에게? 아, 노래?"

"네. 이 시기의 지구는 불법 다운로드가 횡행했지만 나름대로 저작권의 기틀이 잡히던 시기예요."

"그래? 그런가?"

"네. '지현에게'를 발표만 하면 떼돈이 들어올 겁니다."

*　　　　　*　　　　　*

현수가 걸그룹 다이안에게 준 '지현에게'는 공전의 히트를 했다.

이곳에 오기 전인 서기 4946년 고전곡 1위가 '지현에게'였다. 모차르트, 베토벤, 슈베르트 등의 클래식 앨범은 물론이고 모든 아리아와 팝, 칸초네 등을 제쳤다.

그리고 '명작은 시대를 뛰어 넘는다'는 말을 할 때마다 언급되는 곡이다.

'첫 만남'과 'In the moonlight' 등 다이안과 윌리엄 그로모프가 발표한 모든 곡 또한 그러하다.

그중에서도 '지현에게'가 발군이다.

전 세계 모든 음악 교과서에 실려 있고 각 나라 언어로 번안되어 있다. 그만큼 사랑받는다는 뜻이다.

"그러고 보니 다이안은 어떻게 되었나?"

다이안에 데뷔한 이후 지금까지는 현수 본인이 존재하지 않던 시절이다. 당연히 '지현에게'라는 곡도 없었다.

"다이안 검색 결과 알려드려요?"

"그래."

"결론부터 말하자면 다이안은 작년에 해체되었어요. 멤버들은 뿔뿔이 흩어졌고요."

"…나쁘게 된 건 아니지?"

"다이안이 몸담고 있던 '케이원'은 지난해에 폐업 신고 되었어요. 서연과 세란은 'DK 엔터테인먼트'로 갔고, 예린과 정민은 '연예기획사 C&R' 소속이에요."

"연진은?"

"연진은 현재 평범한 대학생이에요."

"끄응!"

다이안은 여든 살이 넘어서도 공연을 다녔다. 현수의 도움이 있어 제 나이보다 20살은 어려 보이는 얼굴이었다.

늘 전용기를 타고 다녔으며, 전 세계 어디를 가도 열렬한 환영을 받았다. 그런데 지금은 흔적조차 남아 있지 않다.

"다이안도 없는데 어떻게 노래를 발표하지?"

"으음, 그건 폐하께서 생각해 보실 일이에요."

현수는 현재 어느 날 갑자기 뚝 떨어진 존재나 다름없었다. 부모님은 돌아가셨고, 아는 사람은 하나도 없다.

대학을 안 갔으니 민주영 같은 대학 동창도 없고, 공고를 다녔다고는 하나 이름도 처음 들어보는 학교이다.

당연히 친구가 있을 리 없다.

이전에도 초등학교와 중학교 동창들과는 전혀 교류가 없었으니 지금도 그러할 것이다. 현재는 신분까지 불분명하다.

약간의 돈은 있지만 쓰려고 마음먹으면 하루면 소진될 정도이다. 그야말로 집도 절도 없는 천애고아인 상황이다.

현재 현수에게 있어 연예계는 천왕성보다도 멀리 떨어진 세상이다. 따라서 제아무리 좋은 곡이 있다 하더라도 발표할 방법이 없다. 그만큼 진입 장벽이 높기 때문이다.

"도로시, 다이안과의 연계는 불가능해. 방법을 찾아봐."

기다렸다는 듯 도로시의 대꾸가 시작된다.

"폐하, 1인 5역 가능하시죠?"

"1인 5역? 그게 무슨 소리야?"

"지현에게는 다섯 명의 멤버가 돌아가면서 부르는 곡이에요. 하나가 부르는 동안엔 나머지 넷이 코러스를 넣고요."

"그래. 그런데?"

"그걸 폐하가 다 하시면 되잖아요."

"내가?"

현수는 성악에 대해서도 깊이 있는 공부를 한 바 있다.

연습을 하다 보니 테너와 바리톤, 그리고 베이스까지 차츰 영역을 넓혔다. 심지어 헨델의 '울게 하소서[Lascia ch'io pianga]' 까지 가성이 아닌 진성으로 소화해 냈다.

이건 카스트라토의 전유물이다.

참고로 카스트라토(castrato)는 변성기가 되기 전에 거세해서 성인이 된 후에도 여성의 높은 음역을 내는 남성 소프라노를 말한다.

저음과 고음을 모두 소화해 낼 수 있는 전천후 성대를 가졌기에 가능한 일이다.

"여러 번 녹음하시면 되는 일이에요."

"반주는? 아는 세션[6] 이 없는데?"

"그건 제가 맡을게요. 뭐, 피아노와 기타는 잘 치시니까 직접 연주하셔도 되구요."

---

6) 세션(session) : 레코딩을 위해 연주하는 단위 그룹

"으음!"

현수는 현실적으로 가능 여부를 생각해 보았다.

MR2)은 준비되지만 녹음실 등의 문제를 떠올린 것이다. 이때 도로시의 말이 이어진다.

"가장 먼저 영어로 부르세요."

"왜? 음반 시장의 규모 때문에?"

"당연하죠. 미국의 음반 시장은 한국과 비교할 수 없을 정도로 커요. 작년 음원 다운로드 규모를 살펴보면 미국은 40억 5,600만 달러였고, 한국은 2억 3,600만 달러였어요."

2015년 연말에 조사된 국가별 시장 규모를 보면 미국, 일본, 영국, 프랑스, 한국, 캐나다, 호주 순이었다.

"그랬어?"

현수가 몰랐다는 표정을 지을 때 도로시의 말이 이어진다.

"영어 다음은 프랑스어, 그다음이 한국어예요."

"독어와 스페인어는 빼고?"

"아뇨. 다 하시면 더 좋죠. 단 지나어는 빼세요."

"지나어는 왜 빼? 다 돈이잖아."

"지나는 불법 복제를 하고도 전혀 반성하지 않는 시장이에요. 그리고 땅덩이는 큰데 속은 좁쌀보다도 작으면서 우쭐거리기만 하는 족속이에요."

"그래, 그건 그렇다. 지나어는 빼자."

2200년대 초반이니까 지금으로부터 약 2,700년 전에 한족은 멸족되었다.

아니, 완전한 멸족을 당했다.

현수의 의도에 따라 한족 유전자를 가진 사람들은 어떤 짓을 해도 불임되도록 한 결과이다.

이는 현수가 지나를 뼛속 깊숙이 증오하기 때문이다.

"일본어는 어쩌실래요?"

"일본어? 당연히 뺀다."

지나보다도 더 싫어하는 나라가 바로 일본이다. 그렇기에 한 말이다.

"그러세요. 대신 힌디어, 아랍어, 러시아어, 포르투갈어는 녹음하세요."

"알았어. 많이 팔수록 좋은 거니까. 근데 어디서 녹음하지? 가까운 곳에 녹음실이 있나 한번 뒤져봐."

"넵!"

도로시는 자신의 제안이 받아들여져 기분이 좋은 듯 경쾌하게 대답한다. 그리곤 불과 3초 후 보고가 이어진다.

인근에 있는 녹음실과 임대료에 관한 내용이다.

"가까운 PC방으로 가세요. 악보 출력해 드릴게요."

"오케이."

히야신스는 저녁 장사를 일찍 접었다.

강주혁 사장과 신호철 쉐프는 인근 샐러드 바를 순례하러 갔고, 현수는 PC방에서 악보를 출력했다.

영어, 불어, 한국어, 독어, 스페인어 등 12개 언어이다.

인쇄되는 동안 '지현에게'의 MR을 들어보았다. 이 시대에 맞춘 악기와 연주법으로 연주된 것이다.

그러는 동안 녹음실 예약이 끝났다. 기기를 다루는 엔지니어 없이 순수하게 장소만 빌리는 것이라 비용이 쌌다.

"연습할 시간은 줄 거지?"

"에이, 폐하의 실력을 아는데 왜 이러세요. 그냥 낼 아침에 녹음해요. 그렇게 예약했으니까요."

"아침에? 빌려주면서도 놀랐겠다. 암튼 알았어."

현수는 악보를 보며 흥얼흥얼거렸다.

녹음실 관계자는 달랑 악보 몇 장만 들고 온 현수를 보며 의아한 눈빛이다.

"혼자서 하실 수 있겠어요? 정말 엔지니어 필요 없어요?"

보아하니 레코딩 엔지니어인 듯싶다. 자신이 필요할 것 같아서 온 모양이다.

"네. 기기도 사용할 줄 알아요. 그리고 간단한 녹음이라 금방 끝날 수도 있어요."

"좋아요. 세 시간 이내에 끝나면 이 번호로 전화 주세요."

엔지니어가 나간 후 안에서 문을 잠갔다.

"이제 슬슬 시작해 볼까?"

"일단 기기 앞으로 가세요."

"오케이."

현수가 기기 앞으로 가자 도로시는 무선으로 접속하여 통제권을 확보한다.

"이제 부스 안으로 들어가시면 됩니다."

"그래."

부스 안으로 들어간 현수는 마이크 높이를 조절하며 테스팅을 했다.

"아아! 아아아! 마이크, 마이크 테스트! 어때? 괜찮아?"

"잠시만요. 앞 소절을 반복해서 불러봐 주세요."

"그래? 알았어."

현수는 '지현에게'의 앞부분 세 마디를 반복해서 불렀다. 그러는 동안 도로시는 최적화를 끝냈다.

"자, 그럼 시작하세요. 하나, 둘, 셋—!"

녹음이 시작되었다. 그리고 불과 두 시간 만에 끝났다.

"내일은 불어와 한국어 녹음이에요. 악보 미리 봐두세요."

"알았어. 근데 유튜브엔 언제 올릴 거야?"

"폐하가 유튜브 회원에 가입해야 하는데 현재는 신분이 모호해서 안 돼요."

"끄응."

현수는 나직한 침음을 냈다.

"회원 가입 후 동영상을 업로드할 거예요. 그 뒤에 누적 조회 수가 10,000이 되면 파트너십 인증을 할 수 있어요."

"그래?"

"이때 휴대폰 인증을 해야 하니까 신분 회복이 되면 전화 먼저 구입하세요. 기왕이면 가장 좋은 걸로요."

"그럼 비쌀 텐데."

"투자를 해야 법니다. 그리고 휴대폰이 후지면 제가 사용하기 불편해서 안 돼요."

"끄응!"

결국 도로시 자기 편하자고 한 말이었다.

"아무튼 승인을 받으면 구글에 가입하시구요. 그다음엔 구글 애드센스에도 가입해야 해요."

"그건 왜?"

"유튜브 ID와 구글 애드센스를 연동시켜야 하니까요."

"그다음엔?"

"아, 은행 계좌번호도 있어야 해요. 창출된 수익금을 받을 통장이요. 그니까 신분 회복되면 통장도 만드세요."

"끄응! 그냥 도로시가 대충 알아서 신분 하나 만들고 해서 돈만 받으면 안 돼?"

"두고두고 나올 저작권료를 그렇게 하라구요? 유튜브에서 뜨면 미국 같은 나라에 가서 공연도 해야 하는데요."

가짜 신분으로 사는 건 한계가 있음을 주지시키는 도로시다.

"알았어. 김승섭 변호사에게 전화해 볼게."

"네, 꼭 그렇게 하세요."

녹음을 마치고 히야신스로 출근한 현수는 김 변호사 사무실로 전화를 걸었다.

"변호사님, 제 신분 회복 언제쯤 될까요?"

"서류는 어제 접수했습니다. 이후의 일정은 법원에서 결정되는지라 딱 언제라곤 말씀 못 드립니다."

"……!"

"상황이 생기면 바로 연락드리겠습니다."

"알았습니다."

이날 히야신스는 일곱 명의 손님을 받았다. 그나마 인근 회사에서 온 회식 손님이라 매상은 제법 올랐다.

그들이 시끌벅적하게 떠들며 이야기하는 내내 현수는 인근에서 서빙할 준비를 갖춘 채 대기했다.

술을 달라면 술을 갖다 주고, 안주를 주문하면 주방에 기별을 넣었다. 그렇게 떠들던 손님들이 썰물처럼 물러간 뒤엔 설거지와 바닥 청소를 하였다.

현수가 잠들어 있는 동안 도로시는 수많은 정보를 입력시켰다. 오늘은 심혈관 관련 지식과 수술 동영상이다.

깊은 잠에 취해 있지만 반듯이 누운 현수는 두 손을 계속해서 움직였다. 수술 동영상과 싱크로율을 맞췄으니 당연한 일이다. 그렇게 의학에 대한 깊이가 깊어졌다.

며칠 후 현수는 모든 녹음을 마쳤다.

영어, 불어, 한국어, 독어, 스페인어, 힌디어, 아랍어, 포르투갈어, 러시아어, 아프리칸스어, 터키어, 이태리어 이렇게 12개 언어로 노래를 불렀다.

휴먼하트에 문제가 생기긴 했지만 마나를 사용하던 몸이다. 그렇기에 탁월한 가창력을 뿜어낼 수 있었다.

며칠 후, 김승섭 변호사로부터 연락이 왔다.

"이거 어떻게 하죠?"

"무슨 문제 있습니까?"

"김현수 님의 신원 회복이 아무래도 어려울 듯합니다."

"왜죠?"

김승섭 변호사는 왜 신원 회복이 안 되는지를 이야기했다.

첫째, 지문의 불일치이다.

지문은 사람마다 다르고 일생 동안 변하지 않는 특성을 지녀서 신분 확인을 위한 식별 코드로 사용되어 왔다.

그런데 지문의 본래 목적은 적당한 마찰력을 갖게 하여 섬세한 작업을 가능하게 하기 위함이다.

현수는 여러 번의 바디체인지를 하는 과정에서 지문이 변했다. 가장 좋은 마찰력을 갖도록 바뀐 것이다.

그래서 사망신고 된 현수와 지문이 달랐다.

둘째, 신원을 보증해 줄 사람의 부재이다.

유일한 친족인 김현주를 찾아가 현수의 사진을 보여주며 오빠가 살아서 돌아왔다고 이야기했다.

그런데 무반응이었다. 이 역시 바디체인지를 겪는 동안 오관의 균형이 완벽해진 때문이다.

이곳에 살던 현수와 3,000살에 가까운 현수의 얼굴은 기본 골격부터 달랐다. 이곳에 살던 존재는 평범한 인상이다. 반면 현수는 반듯하면서도 미남형인 얼굴이다.

그래서 오빠의 사진을 보고도 표정의 변화조차 보이지 않았던 것이다.

Chapter 07

—

한국인이 아니라고?

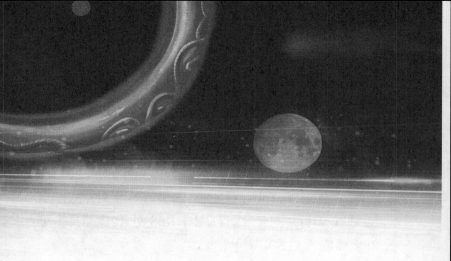

　김승섭 변호사는 법원이 현수의 한국 국적을 허용하지 않
겠다는 결정을 내렸다면서 유감의 뜻을 표했다.

　"끄응!"

　"결과가 이래서 미안합니다. 수임료 중 실비를 제외한 나머
지는 반환하도록 하겠습니다. 언제든 오십시오."

　"아닙니다. 알았습니다. 수고 많으셨습니다."

　"……!"

　김 변호사는 할 말이 없는 듯 아무런 대꾸도 하지 않았다.

　'내가 한국인이 아니라고?'

　의외의 결과에 현수는 당황스러웠다.

상상하지 못한 일이 일어났다. 하지만 금방 원래의 신색을 되찾았다. 살아온 세월이 얼마이던가!

"도로시, 내 신분, 조금 더 손을 봐야겠어."

"말씀하세요."

"성명은 하인스 킴으로, 국적은 남아프리카공화국으로, 나이와 생년월일은 그대로, 한국에 외국인 등록이 되어 있는 걸로 해줘. 그리고 한국어능력시험과 KBS 한국어능력시험 중 가장 빠른 게 언젠지 알아봐."

"네, 폐하."

"끄응! 그냥 도로시더러 알아서 하라고 할 걸."

신분 회복에 관한 이야기다.

"그러게요. 제가 했으면 5분도 안 걸렸을 일이에요."

"그러게."

현수가 약간의 후회를 하고 있을 때 도로시가 보고한다.

"국어능력인증시험은 3월 27일 일요일에 있어요. KBS 주최 시험은 2월 20일 토요일에 있구요."

"일요일이 쉬는 날이니 국어능력인증시험을 치러야겠군."

한국에서 현수는 남아공 국적을 가진 외국인이다.

따라서 의사 예비시험을 치르려면 한국어 실력부터 인정받아야 하기에 알아본 것이다.

"폐하, 신분 확정지었습니다. 생년월일은 1985년 9월 28일입니다."

"그래? 주소는?"

"27 Melk Street, Nieuw Muckleneuk, Pretoria, South Africa예요. 잘 외워두세요."

"다른 건?"

"일가친척 및 형제는 없는 걸로 했구요, 성명은 하인스 킴입니다."

"은행 계좌는?"

"ABSA 뱅크에 개인 개좌 개설하려구요."

"압사 뱅크?"

"네. 압사 뱅크는 한국의 국민은행과 연결되어 있어요. 바클레이즈(Barclays) 뱅크 계열이에요."

"바클레이즈 뱅크는 뭐야?"

"그냥 영국의 은행 중 하나라고 아시면 됩니다. 중구 태평로 1가 84에 한국 지점이 있어요."

"압사 말고 바클레이어즈에서는 계좌 못 만들어?"

"당연히 가능하죠. 그럼 차라리 시티뱅크는 어떨까요? 그게 사용하시기에 더 편할 겁니다."

"그래, 시티뱅크에 계좌 만들어."

현수의 말이 떨어지고 불과 2초 후에 도로시가 보고한다.

"네, 지시대로 했습니다."

"이제 유튜브에 음원 올려도 되는 거지?"

"네. 근데 ID와 비번을 정해주십시오."

"그거? 그냥 도로시가 알아서 해."

"헤! 제가 떼어먹으면 어쩌려구요."

"떼어먹어? 도로시가?"

현수는 어이없다는 표정을 지었다.

에고를 가지긴 했지만 도로시는 엄연한 컴퓨터이다. 그런데 돈을 가져서 무엇 하겠는가? 농담인 것이다.

"근데 건의 하나 드려도 될까요?"

"뭐지?"

"남아공의 소득세율은 18~40%입니다. 법인의 경우는 28%의 세율이 적용됩니다."

"흐음! 제법 많군."

"네. 남아공이 50여 개 국가와 이중과제방지 협약을 하긴 했지만 아무런 연고도 없는 나라와 세금으로 얽일 필요는 없을 듯해요."

"그래? 그럼 어떻게 하지?"

"세금이 없는 나라로 국적을 바꾸시길 권합니다."

이실리프 제국도 세금이 없었다는 생각을 하며 반문했다.

"지금 그런 나라가 있어?"

"모나코, 리히텐슈타인, 파나마, 브루나이, 카타르, 바하마, 버진아일랜드 등이 있어요."

"거긴 세금을 한 푼도 안 낸단 말이지?"

현수는 관심 있다는 표정을 지었다.

"네. 근데 이민을 안 받는 나라들이 있어요. 카타르의 경우 남자는 이민이 거의 불가능해요."

"카타르?"

현수는 중동 국가들을 떠올리고는 고개를 끄덕였다. 자국 남자와 외국인 여자와의 결혼은 받아들이지만, 자국 여자가 외국 남자와 결혼하는 것은 허락하지 않는 국가들이다.

"도로시는 어딜 추천해?"

"저는 바하마가 어떨까 합니다."

"바하마라면 플로리다 남동쪽 카리브해에 있는 나라지?"

"맞아요. 700여 개의 섬으로 이루어진 국가예요."

"좋아, 그럼 거기 이민 조건은?"

"50만 달러를 투자하면 영주권이 나와요."

2016년 2월의 환율로 약 6억 600만 원에 해당된다.

아공간만 열 수 있으면 푼돈도 안 되겠지만 지금은 돈이 없다. 녹음실 사용료 등으로 가진 돈을 다 썼다.

"파나마는 8만 달러 정도면 되구요."

1억 원에 조금 못 미치는 돈이 필요하다는 뜻이다.

"흐으음! 돈이 문제군."

"걱정 마세요. 저작권료가 입금되면 불려 드릴게요."

"주식이나 선물 거래를 하려고?"

현수의 물음을 기대라도 한 듯 즉답이 튀어나온다.

"네. 이실리프 계열사들이 존재하지 않아 일부 종목은 주가 동향이 일치하지 않지만 나머지 상당수 종목은 제가 가진 데이터와 일치하니까요."

미래의 주가 등락을 안다면 그야말로 땅 짚고 헤엄치는 것처럼 쉽게 돈을 모을 수 있을 것이다. 바닥에 사서 머리에 팔면 수익이 극대화될 것이다.

"그래? 그건 다행이네."

2016년 2월이면 이실리프 계열사들의 영향력이 상당할 때다. 특히 대한민국의 주가는 거의 모두 연동되어 움직였다.

따라서 도로시는 외국의 주식을 이야기하는 것이다.

"주가 등락을 이용한 콜옵션[7]과 풋옵션[8]만으로도 충분히 불릴 수 있어요."

"그건 일단 지양하자. 모처럼의 유희인데 그럼 너무 쉬워지잖아. 안 그래?"

"그런… 가요? 근데 돈이 없으면 조금 불편하시잖아요. 지금 머무시는 곳도 너무 좁고 작은데……."

황제궁 거처에 비하면 쓰레기통만 한 방이긴 하다. 화장실도 떨어져 있어서 몹시 불편하다.

"그건 그래. 그래도 그냥 한번 있어볼게. 이곳을 벗어나면 평범한 의사 노릇을 하면서 슬슬 돌아다녀 보고 싶어."

---

7) 콜옵션(call Option) : 옵션 거래에서 특정한 기초자산을 만기일이나 만기일 이전에 미리 정한 행사 가격으로 살 수 있는 권리
8) 풋옵션(put option) : 콜옵션(call option)의 반대되는 개념으로 시장 가격에 관계없이 특정 상품을 특정 시점, 특정 가격에 '매도' 할 수 있는 권리

"왜요?"

이해할 수 없다는 뉘앙스가 깔린 물음이다.

"생각해 보니까 이 시기의 나는 사업을 확장하느라 여념이 없었어. 그런데다 사회적 지위가 갑자기 올라가고 돈도 쏟아져 들어와서 평범한 삶을 못 살아봤거든."

"그럼 사랑이라는 것도 해보실 건가요?"

에고 컴퓨터 '도로시'는 현수가 세사(世事)에 달관한 삶에 이르렀을 때 제작되어 귀속되었다.

그렇기에 '사랑'이라는 것을 견학한 바가 없다. 현수가 사랑을 하기엔 너무 오래 살았기 때문이다. 그래서 책이나 드라마, 영화 따위에서 얻은 데이터가 전부이다.

도로시는 에고가 있기에 스스로가 더 나아지길 원하는 향상성(向上性)을 가졌다.

다른 지식은 다 채워졌지만 '사랑'에 관한 것만큼은 채워지지 않았다. 현수가 그걸 견학시켜 주지 않았기 때문이다.

"사랑? 이 나이에 연애를 하라고?"

2,961세임을 자각하기에 한 말이다.

"쳇! 사랑엔 국경도 없고 이념과 종교도 없다면서요."

"없지. 그건 확실히 없어."

현수는 황제였을 때 수시로 백성들의 삶을 살펴보는 미복[9]

---

9) 미복(微服) : 지위가 높은 사람이 무엇을 몰래 살피러 다닐 때에 남의 눈을 피하려고 입는 남루한 옷차림

잠행[10] 을 즐겼다.

모두가 행복하길 바라는 마음이 있어서였다.

그러다 사랑 때문에 고민하는 남녀를 보면 늘 비슷한 충고를 하곤 했다.

도로시는 그걸 데이터로 쌓아둔 모양이다.

"그리고 나이는 숫자에 불과하다 하지 않으셨나요?"

"그, 그랬나?"

아픈 곳을 찔린 듯 현수가 살짝 말을 더듬자 도로시의 앙칼진 음성이 뒤를 잇는다.

"네, 확실히 그러셨답니다. 그러니 이번 유희에선 꼭 사랑을 해보세요. 그것만 데이터가 너무 부족하단 말이에요."

"끄응! 그래도 내 나이가 있는데… 나하고 비슷한 나이를 가진 사람이 없잖아."

"헐! 그럼 한 2,900살쯤 되는 사람을 찾는 거예요?"

"아, 아니, 그건 아니고……."

2,900년쯤 된 미라(mummy)를 상상한 현수는 얼른 말끝을 흐렸다. 도로시가 때로는 아주 집요하기 때문이다.

이번에도 그럴 모양이다.

"그게 꼭 비슷한 나이여야 해요? 몇 십 살쯤 차이 나는 연상연하 커플도 많은데……. 그리구 폐하는 25세 정도로 보이잖아요. 더 이상 늙지도 않구요. 그러니까 20대 초반부터 서

---

10) 잠행(潛幸) : 임금이 비밀리에 나들이하던 일

른쯤 되는 여자들과……."

"알았어, 알았어."

"말로만 알았다 하지 마시고 꼭 하셔야 합니다."

다짐이라도 해야 추궁이 끝날 모양이다.

"그래, 꼭 그렇게. 기회가 닿으면."

"남아일언중천금인 거 아시죠?"

"그래, 그런다니까."

"좋아요. 기회가 닿으면 확 대시하는 거예요."

"끄으응."

현수는 나지막한 침음을 냈다.

그러는 동안 도로시는 모든 절차를 밟아 '지현에게'를 유튜브에 업로드했다.

가장 먼저 올린 것은 영어로 된 음원이다. 다음은 스페인어, 불어, 독어, 한국어 등의 순서로 올릴 예정이다.

올려놓고 대략 10분쯤 지났을 때 첫 번째 댓글이 달렸고, 곧이어 줄줄이 올라간다.

― 헉! 이거 뭐야? 정말 끝내준다.

― 우와아~! 대체 누가 이렇게 멋진 노래를…….

― 남성 5인조 같아. 근데 묘하게 음색이 비슷하네.

― 그치? 나도 그런 생각을 했어.

― 그나저나 이 뮤지션은 누구지? 자꾸만 듣게 돼!

— 우와~ 대박! 노래 끝판왕 출현이다.

— 멜로디도 엄청 좋아. 벌써 세 번째야. 중독되겠어.

불과 30분 만에 조회 수 10,000이 넘고 있었다.

도로시는 현수로부터 받은 경고가 있기에 아주 쉬운 일이 지만 조회 수 조작을 시도하지 않았다.

'지현에게'는 명실상부한 '레전드 오브 레전드'이다.

유튜브에서만 400억 뷰 이상을 기록했고, 빌보드 차트에선 25주 연속 1위를 했다. 음반은 45억 8,000만 장 이상 팔렸고, 세상의 모든 음악 교과서에 실렸다.

듣는 것만으로도 심신의 피로를 풀어주고 면역력을 올려주는 마법 같은 곡이다. 따라서 굳이 조작을 가하지 않아도 알아서 조회 수가 올라갈 것이다.

그리고 그 수익금은 어마어마할 것이다.

대한민국 법원이 무지막지한 돈 덩어리를 걷어찬 것이다.

국적 회복을 허락했다면 국내 은행에 엄청난 외화가 쌓였을 것이다. 그리고 그 금액은 퍼도 퍼도 마르지 않는 샘보다도 더 많았을 것이다.

"폐하, 음반을 내는 건 어떨까요?"

"음반을 내자고?"

유튜브에 올릴 생각만 했기에 미처 생각지 못한 일이다.

"설마 음반 회사를 설립하자는 건 아니지?"

"칫! 지금은 돈이 없잖아요."

"그렇지. 그래, 돈이 없다."

현수가 자조적인 표정을 짓자 도로시가 퉁명스러워진다.

"거봐요. 돈이 없으니까 불편하잖아요."

"그래, 돈이 없으니까 마음대로 안 되네. 근데 그런 게 유희야. 아르센 대륙의 드래곤들도 유희를 할 때는 제 힘을 다 드러내지 않고 불편을 감수하잖아."

"쳇! 그건 그거고요. 아무튼 조만간 어디선가 연락이 올 거예요. 미리 생각해 두시라고요."

"알았어."

"직접 활동은 어려울 테니 파일만 주면 되죠?"

5중창으로 발표되었으니 다섯 명의 멤버가 있는 팀으로 생각할 것이기에 한 말이다.

"응, 그렇게 해. 그리고 음반 내는 건 도로시에게 일임할 테니 괜찮은 회사나 골라봐."

"네, 알았어요."

*   *   *

"여보세요! 유튜브에 노래 업로드하신 하인스 씨죠?"

2016년 2월 15일 월요일 오전 10시경에 현수의 전화가 진동을 했다. 이때 현수는 샤워 중이었다.

무선으로 휴대폰의 통제권을 확보한 도로시가 전화를 받았는데 대뜸 들은 말이다.

"네? 뭐라고요?"

"아, 아니시구나. 근데 그 노래, 한 분이 부른 것 맞죠?"

"네?"

"영어로 부른 '제니에게' 말입니다. 불어로는 '니콜에게', 스페인어로는 '소피아에게', 독일어로는 '한나에게' 라고 불렀죠? 한국어로는 '지현에게' 라고 불렀구요."

"아, 그 노래요? 근데 왜 한 사람이라고 하는 거죠?"

도로시의 음성을 들은 사내가 킬킬거린다.

"크큭! 속이려고 하셨구나? 근데 저희가 분석해 보니 한 사람이 부른 거더라구요. 누굽니까, 그 사람?"

"⋯⋯!"

지금은 에고 컴퓨터 도로시가 2016년의 인간에게 한 방 맞는 순간이다.

"음성과 음문 분석을 해보니 남자 한 분이 베이스부터 바리톤, 테너, 그리고 카스트라토까지 다 소화해 내셨더라구요."

너무도 확신에 찬 음성이라 도로시는 반박을 하지 못했다.

에고는 가졌지만 순발력 있는 거짓말을 못하는 컴퓨터의 특성 때문이다.

"⋯⋯!"

"대단합니다. 아 참, 저는 '아일랜드 데프 잼 레코딩스(The

Island Def Jam Recordings)'의 수석매니저 올리버 캔델입니다."

"거긴 힙합 전문 레이블 아닌가요? 유니버설 뮤직 그룹 산하 음반사이구요."

"아, 저희를 아시는군요. 맞습니다. 힙합 레이블이었죠."

"그렇죠? '제니에게'는 힙합이 아니에요. 근데 왜……?"

도로시의 말이 중간에 끊겼다.

"저희는 알앤비 등도 취급합니다."

"그런가요?"

리한나가 소속되어 있었으니 틀린 말은 아니다.

하지만 도로시는 모르는 일이라 의아하다는 뉘앙스를 풍기자 올리버의 말이 이어진다.

"저흰 장르를 구분하지 않습니다. 어제 내려진 결론이죠."

"네?"

대체 무슨 소리냐는 물음이었지만 올리버는 친절하게 설명하지 않고 제 할 말만 한다.

"하인스 씨가 부른 '제니에게'를 저희가 음반으로 내고 싶습니다. 바꿔주시겠습니까? 그나저나 누구신지요?"

"아! 저는 매니저예요."

"그러세요? 성함이……?"

"도로시, 도로시 게일이에요. 그냥 도로시라고 부르세요."

참고로 도로시 게일(Dorothy Gale)은 라이먼 프랭크 바움(Lyman Frank Baum)이 쓴 어린이 소설 '오즈의 마법사(The wizard of OZ)'의 주인공 이름이다.

"네, 도로시! 노래 부르신 하인스 씨와 통화 가능할까요?"

아내와의 이혼 때문에 울적하던 올리버 캔델은 맥주 한잔을 하면서 유튜브 인기 트랙을 클릭하였다.

제목은 'To Jenny'였고 아티스트는 'Heins'였다.

겨우 1주일 전에 업로드 되었는데 조회 수가 5,400만을 넘었고, 댓글은 무려 300만 개였다.

조회 수는 이럴 수 있다. 하지만 댓글이 이례적이라 할 정도로 많았다.

한때 인터넷을 뜨겁게 달군 어떤 뮤직비디오의 조회 수는 29억 5천만이고 댓글은 470만 개 정도였다.

비율로 따지면 약 0.16%만이 댓글을 달았다.

'제니에게'는 무려 5.5%가 댓글을 달았다. 로그인을 해야 댓글을 달 수 있음을 감안하면 대단한 일이다.

몇 개를 읽어보았는데 찬사 일색이다.

흥미를 느낀 캔델은 클릭을 했고, 곧 'To Jenny'가 흘러나왔다. 의자 등받이에 편안히 기대앉아 있던 올리버는 금방 등을 곧추세웠고, 눈을 감은 채 온 신경을 귀로 모았다.

그런 그의 머리엔 음향 전문 기업 '젠하이저(Sennheiser)'에서 발매한 오픈형 헤드폰 HD800S가 씌워져 있었다.

공명을 흡수하고 불필요한 주파수를 제거하는 기능이 채용됐고, 해상력을 향상시켜 중, 저음을 더욱 풍부하게 했다는 최신, 최고급 헤드폰이다.

2016년 2월 현재 최고 성능이고, 200만 원이 넘는 놈이다.

어쨌거나 올리버는 첫 소절을 듣는 순간 양쪽 팔에 소름이 돋았지만 이를 전혀 느끼지 못했다.

그렇게 완곡을 하자마자 다시 재생시켰다.

4분 남짓한 곡 하나를 듣고 '새로고침'을 누르니 댓글이 500개나 늘어나 있었다. 초당 2개 이상 늘어난 것이다.

다시 한 번 온 신경을 기울여 노래를 들었다. 이혼 때문에 울적하던 기분은 우주 밖으로 날아갔다.

그렇게 다섯 번을 연속해서 감상했다. 그러다 휴대폰을 보았다. 새로 온 메시지가 무려 70여 개다.

— 올리버, '제니에게'를 들어봤어? 유튜브에 떴어. 들어봐.

— 얼른 유튜브를 확인해 봐. 핫한 게 있어. 진짜야!

— 대박이야, 올리버! 따봉이야! 완전 쌍 따봉!

— 올리버, 이거 확인하는 대로 연락 주게.

— 세상에 맙소사! 올리버, 유튜브, 유튜브! 꼭 봐!

— OMG! 올리버, 이건 꼭 낚아야 해.

— 우와! 이거 뭐냐? 마이클 잭슨보다, 비틀즈보다 더 위대한 뮤지션이 떴다. 올리버, 얼른 찾아내. 자네 특기잖아.

— 아빠, 엄마와의 이혼은 유감이에요. 그건 그렇고, 유튜브에서 '제니에게'를 들어봐요. 진짜 끝내줘요. 꼭 찾으세요.

문자를 확인하는 동안에도 메시지가 계속 온다. 올리버가 계약 담당이기 때문만은 아니다.

올리버 캔델은 '은근과 끈기의 사나이'로 불린다. 손톱 끝만 한 증거 하나만 있으면 무엇이든 찾아낸다.

휴대폰 전원을 끈 올리버는 유튜브의 음원을 다운로드했다. 그러곤 밤새 귀를 기울였다. 그러다 알게 되었다. 다섯이 부른 것 같지만 실상은 한 사람이 불렀다는 것을.

즉시 사무실로 간 올리버는 음성과 음문 분석을 했다. 그러곤 한 사람이라는 것을 확신했다.

70억이 넘는 지구인 가운데 가장 먼저 알아낸 것이다. 이어 곧장 전화를 걸었고, 도로시가 받은 것이다.

이 전화번호도 영상 속에 교묘히 감춰둔 것이다. 음원이 재생되는 동안 40장의 사진이 차례로 뜨도록 했다.

각각의 밑에는 숫자가 있었는데 2, 3, 5, 7, 11, 13, 17, 19, 23, 29, 31, 37번째 사진의 숫자가 현수의 새 휴대폰 번호였다. 1부터 40 사이의 소수(素數)이다.

이렇게 해서 찾아낸 숫자가 821091011109였다.

감각이 뛰어난 올리버는 82가 국가번호이고 나머지가 휴대폰 번호라는 걸 알아냈다.

하여 차례로 눌러 도로시와 통화한 것이다.

"도로시, 누구야?"

샤워를 마치고 방으로 들어서며 머리카락의 물기를 닦아내던 현수의 말이다.

손목시계 형태로 만들어진 슈퍼컴퓨터는 완전 방수이다. 제아무리 깊은 바다 속에 빠진다 해도 모든 기능이 구현된다.

벼락에 맞아도 까딱없고, 총알로도 홈집조차 낼 수 없다.

2016년인 현재 도로시가 들어 있는 슈퍼컴퓨터는 무엇으로도 파괴할 수 없는 '언터처블(Untouchable)'이다.

도로시의 허락이 없으면 분해조차 불가능하다.

만일 허락 없이 드라이버 같은 도구를 갖다 대면 즉시 전기충격기보다 훨씬 강력한 타격을 입게 된다.

참고로 전기충격기의 전압은 3,000~6,000볼트이지만 도로시는 10만 볼트를 뿜어낸다.

도로시는 작은 침(針)을 쏠 수 있는데 목표는 심장, 또는 머리이다. 다시 말해 도로시를 허락 없이 분해하려 하면 무조건 죽거나 바보가 된다.

참고로 열 번 연속해서 침을 쏠 수 있다.

따라서 샤워할 때 굳이 풀어놓지 않아도 된다.

그럼에도 현수는 씻을 때마다 빼놓는다. 씻는 내내 종알거리기 때문이다.

투명마법진 때문에 눈에 보이지는 않지만 안쪽엔 귀환마법진도 그려져 있다.

마나집적진과 충진 가능한 인공 마나석이 박혀 있기 때문에 현수의 신체로부터 일정시간 이상 떨어져 있거나 통신이 안 되면 자동으로 되돌아간다.

어쨌거나 도로시는 현재 홀로그램으로 모습을 드러낸 상태이다. 숲의 요정 아리아니처럼 하늘하늘한 선녀 의복을 걸친 모습인데 날개는 없다.

30㎝ 크기인데 미란다 커(Miranda Kerr)의 리즈 시절 모습과 흡사하다.

실제론 서기 3121년 지구 최고의 미녀로 불리던 모델을 참고한 모습이다. 그래서 미란다 커보다 눈동자 색깔이 조금 더 진한 편이다.

어쨌거나 도로시는 자신의 모습을 현수가 볼 때마다 부끄러워한다. 마치 수줍은 아가씨 같다.

도로시를 설계한 프로그래머는 '에밀리'라는 23살 된 아가씨였다. 16살에 이실리프 제국대학에서 에고 프로그래밍 관련 박사학위를 받은 천재 중의 천재이다.

그래봤자 현수에게는 미치지 못한다.

어쨌거나 대부분의 설계는 현수가 했는데 에밀리는 그중 일부인 성향 부분을 맡아서 완성시켰다.

그 즈음 에밀리는 남몰래 현수를 짝사랑했는데 그 영향인 듯하다. 다시 말해 도로시가 에고를 가질 때 자신의 성향을 갖도록 프로그래밍 했기 때문에 이러하다.

"폐, 아니, 오빠!"

"뭐? 오빠?"

현수가 놀란 표정을 지었다.

도로시가 오빠라고 부른 게 처음이기 때문이다. 그런데 봇물이라도 터진 듯 도로시는 태연한 표정으로 말을 잇는다.

"네, 오빠. 전화 왔어요. 미국에 있는 유명한 음반사의 수석 매니저 올리버 캔델이라는 분이에요."

"그래?"

"아일랜드 데프 잼 레코딩스라는 회사인데 유니버설 뮤직 그룹 산하의 음반사예요."

"유니버설?"

많이 들어본 이름이다.

3,000년쯤 전에 영화를 볼 때 '지구의를 비스듬하게 둘러 싼 UNIVERSAL' 이라는 로고를 본 기억이 있다.

"네, 그 회사에서 오빠가 노래 부른 노래를 음반으로 내고 싶다고 해요. 직접 통화하세요."

샤르릉~!

도로시는 현수의 대답을 기다리지 않고 슬쩍 모습을 감춘다. 그런데 사라지기 직전의 모습이 몹시 야릇했다.

혹시라도 속살이 비칠까 싶어 그러는지 몸을 뒤틀었고, 두 볼은 붉게 물들어 있었다.

"전화 바꿨습니다. 하인스라고 합니다."

"아이고, 반갑습니다. 저는 올리버 캔델입니다. 유튜브에 올리신 '제니에게'를 음반으로 내고 싶어 전화 드렸습니다."

"그래요? 제 노래에 관심 가져주셔서 감사하네요."

"당연히 관심을 가져야죠. 하인스 씨는 현재 비틀즈보다도 더 위대한 뮤지션이라는 평을 받고 있습니다."

"그런가요?"

현수는 다소 시큰둥한 반응을 보였다. 비틀즈에 관한 기억이 가물가물해서 그러하다.

"그럼요. 게다가 혼자서 다섯 번을 녹음했다는 걸 알면 사람들은 깜짝 놀라게 될 겁니다."

"혼자 불렀다는 걸 어떻게 아셨습니까? 혹시 도로시가?"

"아이고, 아닙니다. 매니저님이 알려주신 게 아니라 제가 음성 및 음문 분석을 해서 알게 된 겁니다."

"그런가요?"

도로시가 말해줬다면 꼬투리를 잡을 좋은 건수라 생각하던 현수는 이번에도 시큰둥하게 대답했다.

"한국에 계시죠? 제가 그쪽으로 가겠습니다. 시간 좀 내주십시오."

"…되게 적극적이시네요."

"아이고, 그럼요. 당연히 그래야지요. 어디에 계신지 말씀해 주시면 첫 비행기를 타고서라도 찾아뵙겠습니다."

올리버의 말이 끝날 즈음 도로시가 다시 나타나 열심히 주억거린다. 받아들이라는 뜻이다.

"…뭐, 그러시죠. 여긴 서울입니다. 전화번호는 아실 테니 인천공항에 당도하면 연락 주십시오."

"아! 그럼 최대한 빨리 찾아뵙도록 하겠습니다."

"참고로 정오부터 오후 8시까지는 통화와 외출이 어렵습니다. 그리고 오전보다는 저녁때가 더 편하니 입국하신 후 볼일 다 보고 전화 주셔도 됩니다."

"따로 직업이 있으신 모양이군요. 알겠습니다. 말씀대로 하지요. 그럼 곧 찾아뵙겠습니다."

"네."

Chapter 08

—

음반 내살래요?

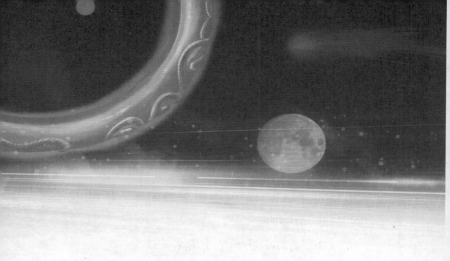

통화를 마친 현수가 도로시에게 시선을 줬다.

"영상 속에 숨겨진 전화번호를 찾아서 전화한 거야?"

"네. 생각보다 눈썰미가 좋은가 봐요."

도로시는 적어도 한 달은 아무 연락이 없을 거라고 큰소리 뻥뻥 쳤다. 그런데 올리버는 업로드하고 열흘도 되지 않아서 연락해 왔다.

그렇기에 슬쩍 면목 없다는 표정이다.

신비주의 콘셉트로 사람들의 호기심을 잔뜩 자극했다가 절정에 이르렀을 때 드러내자는 작전이 실패한 때문이다.

"그나저나 귀도 밝지. 혼자 부른 걸 어떻게 알았지?"

"검색해 보니 이 시기에도 음성을 분석하는 프라트(praat) 같은 프로그램이 많이 있었네요."

"그걸로 알아낼 수 있었단 말이야?"

"네. 제가 몇몇 프로그램을 다운받아 테스트해 보니 불가능한 건 아니었네요."

"그나저나 음반을 내면 방송 같은 걸 하자고 할 테지?"

"아무래도 그렇겠죠."

"끄응, 그럼 유희가 안 되잖아. 평범하고 싶은데."

유명해지면 돈은 벌 수 있어 좋겠지만 운신하기엔 나쁠 것이다. 오죽하면 유명세라는 말이 있겠는가!

"다이안의 멤버들을 불러보시는 건 어떨까요?"

"다이안은 해체되어 뿔뿔이 흩어졌다며."

현수가 의아하다는 표정을 짓자 도로시가 말을 잇는다.

"흩어지기만 한 거지 죽은 건 아니잖아요."

"……!"

"검색해 보니 아일랜드 데프 잼 레코딩스라는 회사는 현재 미국 최고의 음반사예요. 2012년엔 싸이(PSY)라는 가수와 한국을 제외한 전 세계에서의 음반 판권과 매니지먼트 관련 계약을 체결했네요."

"싸이? 아! 강남스타일 그 노래 빌보드 2위까지 한 곡이야. 말춤으로 유명했지."

"이 회사에 소속된 가수로 본 조비, 머라이어 캐리, 저스틴 비버, 엘튼 존, 어셔, 저메인 듀프리 등이 있어요. 검색 결과 모두 세계적인 뮤지션이라네요."

"그래서?"

"올리버 캔델이 올 때쯤……."

잠시 도로시의 속닥거림이 있었고, 현수는 계속 고개를 끄덕였다. 그러다 도로시에게 시선을 주었다.

에고를 가진 컴퓨터이기는 하지만 이런 계략도 짤 수 있나 하는 표정이다.

다음날 히야신스는 내부 공사에 들어갔다.

한국어능력시험 응시 원서를 접수했고, 공사 현장을 지켜봐야 했다. 젊은이의 감각이 필요하다니 방법이 없었다.

*   *   *

서울시청 앞에 자리 잡은 플라자호텔의 라운지로 30대 후반으로 보이는 백인이 들어섰다. 그런 그의 곁에는 작은 칠판을 든 종업원이 종을 흔들고 있다.

딸랑딸랑!

서로 얼굴을 모르는 손님을 찾을 때 쓰는 방법이다. 칠판에는 'Heins Kim'이라는 글씨가 쓰여 있다.

안쪽에 홀로 앉아 있던 현수가 손을 번쩍 들자 호리호리한 체격을 가진 30대 후반 백인이 몹시 놀란 표정을 지으며 다가

섰다.

"미스터 하인스? 한국인이셨습니까? 영어가 너무 유창하셔서……. 아무튼 반갑습니다. 올리버 캔델입니다."

올리버가 지갑에서 네임 카드를 건넨다.

"어서 오십시오, 미스터 캔델! 먼 길 오느라 고생하셨습니다. 여행은 즐거우셨는지요?"

"네, 좌석이 없어서 편히 왔습니다. 하하하!"

짐짓 호탕한 웃음을 터뜨린다. 이코노미와 비즈니스석이 모두 차서 일등석을 이용했다는 뜻이다.

"그거 다행이군요. 자, 앉으시죠."

"네. 근데 매니저님은 어디에……?"

"도로시는 급한 일이 있어 외부에서 일을 보고 있습니다."

"그렇군요. 알겠습니다."

자리에 앉은 올리버는 현수를 신기하다는 표정으로 바라본다. 예상과 전혀 다른 때문이다.

아까 말한 대로 영어가 너무 유창해서 한국인일 거라고는 생각지 못했다. 그리고 울림이 깊은 소리를 내서 성악가처럼 다소 퉁퉁한 모습일 것이라 생각했다.

그런데 현수는 아주 날씬했다. 어디서 그런 소리가 나오는지 궁금할 지경이다.

그리고 너무 젊었다. 올리버의 눈에 현수는 스무 살쯤 된 애송이로 보였다. 무엇 하나 제대로 배운 게 없을 나이이다.

그런데 오는 내내 반복해서 들은 '제니에게'는 원숙을 넘어선 진짜배기가 부른 노래였다.

"조금 전에도 물었지만 한국인이십니까?"

노래를 부른 장본인이라고 믿어지지 않는다는 표정이다.

"아뇨. 나는 한국인이 아닙니다."

"Are you kidding me?"

전형적인 한국인의 모습인데 무슨 소리냐는 표정이다. 그러거나 말거나 현수의 표정은 변화가 없다.

"제 국적은 남아프리카공화국입니다. 아프리카 최남단에 있는… 넬슨 만델라를 아시죠?"

말을 하며 여권을 내밀었다. 진초록 바탕에 금색 글씨가 쓰여 있다. 황금빛 관을 쓴 독수리 그림도 있다.

'REPUBLIC OF SOUTH AFRICA'라는 글씨가 분명하다. 표지를 넘기니 현수의 사진이 떡하니 박혀 있다.

"헐! 진짜네요."

"생긴 건 한국 사람이지만 실제는 남아공 국민입니다."

"네, 그렇군요. 저는 하인스 킴이라 해서 한국인인 줄 알았습니다."

'김이박최 정강조윤 한신오서 권황송안'이 한국인에 많은 성씨라는 걸 조사라도 한 모양이다.

"아, 실례했습니다."

자칫 의심했다는 뉘앙스로 들릴 수 있음을 느꼈는지 얼른 사과하며 고개를 조아린다. 현수가 '갑'이고 자신이 '을'이라는 것을 명확히 하는 모습이다.

"아뇨. 제 생김생김이 전형적인 동양인이고, 이곳이 한국이라 그러는 건데요, 뭐. 이해합니다."

"감사합니다. 근데 낮에 무슨 일을 한다 하셨는데 오늘은 어떻게 이 시각에……?"

현재 시각은 오후 4시 경이고, 오늘은 2월 23일 화요일이다. 통화한 내용과 일치하지 않기에 물은 말이다.

그러다가 또 의심했다는 의미가 될 수 있음을 느꼈는지 슬쩍 말꼬리를 흐린다.

"제가 일하는 레스토랑이 내부 수리 중입니다."

"아! 그곳에서 공연을 하셨나 봅니다."

올리버는 호화롭고 커다란 레스토랑, 그리고 멋진 그랜드피아노를 상상했다.

"아닙니다. 공연을 하는 건 아닙니다."

"그럼 거기서 무슨 일을……. 아! 레스토랑을 운영하십니까?"

"아뇨, 저는 그곳의 웨이터입니다."

"네? 뭐라고요?"

또 놀랍다는 표정이다. 이번엔 눈의 흰자가 월등히 많이 보인다. 너무 놀라 눈을 크게 뜬 때문이다.

"음식물 서빙을 하는 웨이터를 하고 있습니다."

"Oh my God! I Can't believe that! How would how? How would you do that? Tell me the truth!"

이를 번역하면 이럴 것이다.

"말도 안 돼! 난 도저히 믿을 수 없어. 어떻게 그래? 어떻게 그럴 수가 있는 거야? 내게 사실을 말해봐."

올리버는 속사포처럼 말을 쏟아냈다. 방금 말도 안 되는 이야기를 들은 때문이다.

본인은 물론이고 '아일랜드 데프 잼 레코딩스'의 모든 임직원은 만장일치로 'To Jenny'를 부른 가수를 엘비스 프레슬리나 마이클 잭슨보다도 윗줄로 평가하고 있다.

둘 다 전설 같은 가수이고, 엄청난 부를 이룩한 Top of top star이며, Top of world star이다.

이런 둘을 가볍게 지르밟는다고 평가된 현수는 베이스, 바리톤, 테너는 물론이고 진성으로 카스트라토 영역까지 소화해 낸 '초초초초특급 뮤지션'이다.

그런데 한낱 웨이터로 일하고 있다는데 어찌 놀라지 않겠는가!

"지금은 웨이터로 일하고 있는 거 맞아요."

"Oh my God!"

올리버가 말도 안 된다는 표정을 지을 때 현수의 설명이 이어졌다. 바다에서 실종되면서 기억을 잃은 것부터 이야기했다. 프리토리아 의과대학에서 의사 면허를 땄고, 한국에 들어와 신분 회복 신청을 했는데 반려된 것을 말한 것이다.

올리버는 'Oh my God!' 을 연발했다.

믿어지지 않는 이야기였지만 현수에겐 의사면허증도 있다. 무엇보다도 영어가 아주 유창하다.

모든 이야기를 들은 올리버는 유감을 표시했다.

바다에서 실종된 것과 사망 처리되었던 것, 그리고 모국에서 신분 회복을 거절당한 것에 대한 것이다.

"당신은 곧 샤를리즈 테론(Charlize Theron)과 넬슨 만델라(Nelson Mandela) 만큼 유명인사가 될 겁니다."

둘 다 남아공이 낳은 너무도 유명한 인물이다.

"에구, 칭찬 감사합니다."

"아닙니다. 음반만 내시면 금방 그렇게 됩니다. 내가 장담하죠. 그나저나 보기보다 나이가 많군요."

현수가 서른하나라는 나이를 밝혔을 때 한 말이다.

"올리버도 생각보다 나이가 많아요. 나는 한 30살쯤 되었을 거라고 생각했거든요."

'너도 동안이다' 라는 칭찬의 뜻이다.

"젊게 봐줘서 고맙군요. 음반은 계약을 해주실 거죠?"

"조건만 맞으면 당연히!"

현수는 자신이 '갑' 이라는 걸 명확히 했고, 올리버는 기꺼이 받아들였다.

"그럼 원하시는 조건을 들어볼까요?"

"좋아요. 내 조건은⋯⋯."

현수는 자신이 평범한 삶을 살고 싶음을 피력했다. 그러려면 대중 앞에 서는 일이 없어야 한다.

어차피 혼자서는 공연을 할 수 없으므로 올리버는 순순히 고개를 끄덕였다. 상대가 뜻대로 따라와 주니 선물이 필요하다. 현수는 준비해 온 MP3 플레이어를 건넸다.

"이걸로 음반을 내시면 될 겁니다."

"미스터 킴, 음반을 내려면⋯⋯."

올리버는 음반 작업이 간단치 않음을 이야기하려 했다.

노래 녹음 후에도 믹싱, 편집, 커팅, 마스터링, DAT, 마스터 테이프 완성 등의 과정이 있다.

일반적으로는 약 2개월이 소요된다. 그런데 달랑 MP3 하나를 건네면서 다 된 것처럼 이야기하니 상세한 설명을 하려 했다. 그런데 현수가 손을 내젓는다.

"미스터 캔델, 먼저 들어보세요."

"끄응! 알았습니다."

올리버는 가방 속에서 헤드폰을 꺼냈다. 그러곤 현수가 건넨 MP3를 재생시켰다.

"⋯⋯!"

올리버는 이내 눈을 크게 뜨지 않을 수 없었다. 초고음질로 녹음된 파일엔 어떠한 하자도 없었기 때문이다.

"대단합니다. 말씀하신 대로 이걸로 만들겠습니다."

딱 한 번 들어봤지만 더 이상 손댈 곳이 없는 완벽한 파일이니 크게 고개를 끄덕인다.

"어라? 파일이 하나 더 있네요?"

"그건 다음에 발표할 곡입니다."

"지금 들어봐도 됩니까?"

"그럼요. 그 노래의 제목은 'first meeting'이에요."

"첫 만남이요? 그럼……."

올리버는 지그시 눈을 감고 귀를 기울였다.

*   *   *

음악이 시작되었고, 그 즉시 이혼한 전처 제시카를 처음 만났을 때가 떠올랐다.

햇살 따사롭던 5월의 어느 날이었다.

자그마한 호수는 잘 다듬어진 잔디밭 가운데 있고, 통로를 제외한 나머지는 울창한 수림으로 둘러싸여 있다.

굵은 떡갈나무 줄기에는 그네가 매어져 있었는데 싱그러운 풋풋함을 풍겨내는 여인이 환히 웃고 있다.

희고 고른 치열과 보는 것만으로도 기분이 좋아질 부드러운 미소에 반한 올리버는 저도 모르게 다가갔다.

"안녕! 난 올리버라고 해. 너에 대해 알고 싶은데, 이름 가르쳐 줄 수 있어?"

"아! 올리버, 나는 제시카야. 만나서 반가워."

올리버와 제시카는 이렇게 시작하였고, 6년쯤 지난 어느 날 한쪽 무릎을 꿇고 청혼을 했다.

결혼 후 모든 삶이 행복한 것은 아니었지만 남부럽지 않은 닭살 커플로 인정받으며 살았다.

그러던 어느 날 올리버의 신상에 문제가 생겼다.

사무실 계단을 딛고 오르는데 과도하게 숨이 차는 증상이 느껴진 것이다. 뭔 일인가 싶어 그 즉시 병원을 찾았고, 심부전증이라는 확진을 받았다.

담당 의사는 5년 생존율은 35% 정도 되며, 심장 이식 수술을 받으면 75% 정도라고 하였다.

이는 5년 이내에 죽을 확률이 65% 정도이며, 심장 이식을 받아도 25%가 죽을 확률이라는 뜻이다.

이날 이후 올리버는 제시카를 늘 냉랭하게 대했다.

정(情)을 떼려 한 것이다. 영문을 모르는 제시카는 올리버에게 새 여자가 생긴 것을 의심했다.

마침 올리버의 비서가 바뀐 지 얼마 안 되었다.

새 비서 제인은 젊고 날씬했으며 상냥한 데다 일 처리도 능숙했다. 그리고 업무 특성상 같이 있는 시간이 길었다.

남들 보기에도 둘이 사귀는 것처럼 보였지만 올리버와 제인이 사귄 건 아니었다. 사랑하는 아내에게 사별의 아픔을 주지 않기 위한 위장이었다.

어쨌거나 작전은 성공이었다.

제시카의 입에서 먼저 이혼하자는 이야기가 나왔고, 올리버는 즉시 이혼서류에 사인했다.

그 결과 올리버와 제시카는 열흘쯤 전에 남남이 되었다.

'첫 만남'은 불과 4분 정도의 곡이다.

그런데 올리버의 눈에서는 눈물이 흘러내리고 있었다. 사랑하는 제시카를 떠나보낸 상실감 때문일 것이다.

"훌쩍!"

현수가 올리버의 개인사를 어찌 알겠는가!

다만 한 가지, 슬픈 추억을 떠올렸다는 것만은 짐작할 수 있었다. 하지만 왜 울었느냐고 묻지는 않았다.

"…이 노래, 참 좋네요."

주머니 속의 손수건을 꺼내 눈물을 찍어내며 올리버가 한 말이다. 뭘 더 말하겠는가!

노래의 제목처럼 제시카와의 로맨틱한 첫 만남이 또렷이 기억나게 하는 곡이었다.

"……!"

현수는 대답 대신 휴지 한 장을 뽑아서 건넸다.

크응~!

"감사합니다."

현수는 올리버가 진정할 때까지 기다려 주었다. 그렇게 대략 5분이 지났다.

"두 곡을 한 장의 앨범에 넣는 걸로 생각하시고 상세한 계약 조건을 제시해 주세요."

"네, 저희는⋯⋯."

올리버가 준비해 온 계약 조건은 아무런 인지도도 없는 신인에게 적용되는 것이다. 하지만 이걸 폐기했다. 그러곤 훨씬 상향된 조건을 내놓았다.

톱스타 바로 아래 등급이다. 여기서 톱스타라 함은 지금의 본 조비나 엘튼 존, 어셔 정도를 뜻한다.

올리버 캔델은 '아일랜드 데프 잼 레코딩스'의 계약 담당 수석매니저로서 계약금 300만 달러를 제시했고, 발생되는 수익에 대한 배분율은 70대 30을 제시했다.

앨범 판매를 위한 모든 이벤트와 광고에 소요되는 비용을 음반사에서 부담하는 조건이다. 많은 홍보 비용과 매니지먼트 비용 등을 고려해 보면 실로 파격적인 제안이다.

"으으음!"

현수는 음반 계약을 경험한 바가 없다.

그렇기에 나직한 침음을 냈다. 이러는 사이에 도로시가 검색한 결과를 알려주기로 한 때문이다.

그런데 올리버는 현수가 마음에 들어 하지 않는다 생각하곤 즉시 조건을 변경했다. "계약금은 500만 달러까지 드릴 수 있습니다. 다만 분배율은 저희가 부담해야 하는 금액이 많으니⋯⋯."

"좋습니다. 계약을 하죠."

"네?"

밀고 당기기가 적어도 30분은 이어질 것이라 생각하던 올리버는 진심이냐는 표정으로 바라보았다.

"그쪽에서 제시한 조건을 받아들인다고요."

"아! 감사합니다."

까다롭게 문구를 일일이 확인하지 않아서 고맙다는 뜻이다. 사실 문구는 도로시가 이미 모두 확인한 상태이다.

그러곤 공평무사한 계약서를 내밀었으니 군소리 말고 시원하게 받아들이라고 조언했다.

"제가 눈여겨봐 둔 가수들이 있습니다. 그녀들을 훈련시켜 취입하는 것도 고려해 주십시오."

"네? 그게 무슨……?"

"다섯 명으로 이루어진 걸그룹이 있어요. 그녀들이라면 제 곡들을 완벽하게 소화해 낼 수 있을 겁니다."

"……?"

올리버는 대체 무슨 소리냐는 표정을 짓는다.

"미국으로 곧바로 돌아가셔야 하나요?"

"네? 그건 왜……?"

"괜찮다면 제게 며칠의 말미를 주십시오."

"말미라면… 시간을 달라고요?"

"네. 미스터 캔델에게 멋진 5인조 그룹을 소개하려구요."

"아, 좋습니다. 한국에 온 김에 관광이나 하지요. 그런데 그들과 미스터 킴은 어떤 관계이십니까?"

"제 노래를 가장 잘 소화시켜 줄 거라 생각하는 팀입니다."

올리버로부터 오겠다는 전화를 받은 후 현수는 도로시로 하여금 한국의 연예계에 대한 조사를 지시했다.

약 30분에 걸친 광범위한 검색을 마친 도로시는 한국의 연예계를 한마디로 정의했다.

《 복마전(伏魔殿) 》

글자 그대로 해석하면 '마귀가 숨어 있는 전각'이다.

그런데 현실엔 마귀가 존재하지 않는다.

따라서 조금 더 풀어서 생각해 보면 '나쁜 일이나 음모가 끊임없이 행해지는 악의 근거지'라 할 수 있겠다.

또는 '악마 같은 심성을 지닌 놈들이 순전히 제 욕심을 차리기 위해 무슨 짓이든 하는 곳'이라는 의미이다.

검색을 마친 도로시는 한국의 연예계는 노예계약, 성상납, 스폰서, 성매매, 마약, 병역 기피, 뇌물, 횡령, 배임, 사기 등 세상에 공개되면 지탄을 받을 일들이 횡행한다고 했다.

인기를 얻지 못한 걸그룹은 이리저리 휘둘리다가 룸살롱 등 유흥주점의 접대부로 몰락하기도 한다.

문득 불안한 마음이 든 현수는 서연과 세란이 몸담고 있는 'DK 엔터테인먼트'와 예린과 정민이 소속된 '연예기획사 C&R'에 대한 철저한 조사를 지시했다.

이들 넷은 옮긴 기획사에 뿌리 내리지 못하고 겉도는 중이었다. 아이돌이 되기엔 나이가 많은 편이고 텃세 때문이다.

영입은 했지만 소속사의 속내가 많이 의심스러웠다.

놔두면 실컷 이용만 당하다 버려질 수도 있는 것이다. 그리고 그 끝은 결코 바람직하지 않을 게 분명했다.

대학교로 돌아간 연진은 여유 있는 캠퍼스 라이프를 즐기지 못하고 있었다. 온갖 알바를 해야 간신히 등록금을 마련하는 빈곤의 악순환 속에서 허덕이고 있었다.

지구 최고의 그룹 '다이안'은 아흔 살에 은퇴했다. 그때까지 왕성한 활동을 하면서 뮤즈[11]로서 존경받았다.

그런데 지금은 조만간 접대부로 전락할 상황이다.

도로시가 연예기획사 대표 및 관계자들의 컴퓨터 기록과 통화 상황 및 도청으로 알아 낸 결과이다.

어찌 그런 꼴을 보겠는가!

현수는 도로시로 하여금 두 연예기획사의 치부가 될 증거들을 모두 모으도록 했다.

---

11) 뮤즈(Muse) : 그리스 신화에 나오는 예술과 학문의 여신. 춤과 노래·음악·연극·문학에 능하고, 시인과 예술가들에게 영감과 재능을 불어넣는 예술의 여신.

대한민국의 이지스 구축함인 세종대왕함은 광역 대공방어, 지상작전 지원, 항공기와 유도탄의 자동추적 등의 능력을 보유하고 있다.

이지스 전투체계를 탑재하고 있어 1,000여 개의 표적을 동시에 추적할 수 있고, 그 중 20개의 표적을 동시에 공격할 능력을 갖추고 있다.

이를 훨씬 능가하는 멀티태스킹 능력을 가진 존재가 바로 '도로시'이다.

이지스함과 비교하자면 동시에 2억 개의 표적을 탐지할 수 있고, 이 중 5,000만 개의 표적을 동시에 공격할 능력을 가졌다. 비교가 안 될 정도이다. 물리적인 것이 아니라 디지털적인 측면에서의 공격을 의미한다.

그렇기에 두 연예기획사의 부정행위와 치부, 음모와 탈세, 그리고 뇌물과 향응 및 향후 계획 등을 파악해내는 데 불과 10분이 걸렸을 뿐이다.

이것을 익명의 투서(投書) 형식으로 검찰에 보냈다.

혹시라도 권력이나 금품으로 무마할 것을 우려하여 거의 모든 언론사에도 관련 자료를 넘기도록 했다.

다만 평상시에 권력과 결탁하여 곡학아세(曲學阿世)를 일삼던 몇몇 언론사에는 보내지 않았다. 놈들에게 특종을 주고픈 마음이 전혀 없기 때문이다.

그래도 묻힐 수 있다 여겼다. 하여 수많은 인터넷 게시판에 글이 올라가도록 했다.

외국의 서버를 거치고 또 거친 것으로 하였기에 현재의 인력과 기술로는 추적 불가능하다.

그 결과 트래픽이 일정 수준 이상인 게시판 거의 전부에 글이 올라갔다. 공지 수준이고 궁서체이다.

각각의 글에는 500개 이상의 리플이 달리도록 했다. 물론 도로시가 한 일이다.

이 게시물은 관리자 권한으로도 지워지지 않는다. 심지어 서버의 하드디스크를 포맷해도 삭제 불가능하다.

하여 지난 이틀간 몹시 시끄러웠다.

그리하여 'DK 엔터테인먼트'와 '연예기획사 C&R'의 주가는 곤두박질쳤다. 당연한 일이다.

대표 및 관련자들은 세무조사와 검찰소환이 언제 실시될지 전전긍긍하는 상황으로 몰렸다. 이 와중에 계좌가 압류되었고, 출국금지 명단에도 이름이 올라갔다.

도로시가 도망갈 길마저 완전히 막아놓은 것이다.

불교의 경전 법구경(法句經)은 삶의 지침서 같은 글이 많다. 이것의 내용 중에는 다음과 같은 구절이 있다.

향을 싼 종이에 향기가 남고
생선을 꿴 새끼줄에 비린내가 남는 것처럼

어진 이를 가까이하면 도덕과 의리가 높아지지만
어리석은 이를 친구로 하면 재앙과 죄를 부르게 된다.

사람들은 'DK 엔터테인먼트'와 '연예기획사 C&R'이 향(香)을 싼 종이로 인식하고 있었다.

예쁘고 잘생긴 연예인들의 럭셔리한 삶이 조명 받도록 술수를 부린 탓이다. 아울러 온갖 구린 것들을 아주 잘 감추고 있기 때문이기도 했다.

그런데 감춰놓은 오물들이 백일하에 드러났다.

두 연예기획사뿐만 아니라 이들과 관련된 정치권의 상당수와 검찰, 경찰, 언론, 그리고 학계, 방송계 인사들의 추악한 인성도 낱낱이 드러났다.

광고를 미끼로 연예인들의 성(性)을 유린하던 기업인들도 마찬가지이다.

당연히 성난 목소리가 터져 나왔다.

그 결과가 주가 급전직하(急轉直下)이다.

전날 1주당 10만이던 주식이 하루 만에 7만 원으로 주저앉았고, 다음날엔 4만 9천 원으로 줄어들었다.

불과 이틀 만에 반 토막 이하가 된 것이다. 그럼에도 매수세가 없다. 끝없는 추락이 예약되어 있기 때문이다.

2015년 1월 이후 주식의 가격제한폭은 ±30%로 바뀌었다. 하루에 30%까지 오르거나 떨어질 수 있게 된 것이다.

열흘 연속 하한가라면 10만 원이던 주가가 2,824원이 된다. 거의 휴지 취급을 받게 될 것이다.

낌새를 눈치 챈 거래 은행들은 즉각 대출 연장 불허를 통보했고, 곧바로 대출금 회수에 나섰다. 놔두면 불량채권이 될 게 뻔하기 때문이다.

대표 및 경영진 등은 재산을 빼돌릴 수가 없다.

도로시가 이들의 대여금고 유무와 차명 재산까지 모두 국세청에 통보한 때문이다. 따라서 두 연예기획사의 대표들은 곧바로 빈털터리 죄수가 될 예정이다.

이런 상황이 되자 소속 연습생 및 연예인들이 줄줄이 계약 해지를 요구하고 나섰다.

연습생들의 부모는 자식이 성상납의 도구가 될 수 있다는 사실에 치를 떨었고, 연예인들은 자신들의 명예가 동반하여 실추될 수 있음을 주장했다.

대표들은 백방으로 결백을 주장했지만 든든한 뒷배가 되어 주던 정치인 및 권력자들마저 줄줄이 엮이는 상황이다.

검찰, 경찰, 언론, 방송, 기업 할 것 없었다. 조금이라도 연루되어 있으면 모두 조사를 받게끔 손을 써놓았다.

"폐하, 멤버 모두 계약 해지되었어요."

고막을 울리는 도로시의 보고에 현수는 회심의 미소를 지었다. 나쁜 놈들은 처벌 받고, 훨훨 날 사람들은 이제부터 비상(飛上)을 시작하게 된 때문이다.

"아일랜드 데프 잼 레코딩스에서 계약금 송금하면 곧바로 파나마나 바하마에 연예기획사를 설립하는 걸로 해."

"네. 근데 어디로 할까요?"

"둘을 비교해 봐. 어디가 더 유리할지."

"둘 다 비슷해요. 하지만 저라면 바하마를 택하겠어요."

"그래? 그럼 그렇게 해."

"회사 이름은요?"

"으음! 그냥 와이 엔터(Y—Entertainment)로 하지."

"와이라면… 이실리프 엔터테인먼트인 거죠?"

"당연하지."

현수는 크게 고개를 끄덕였다.

참고로 '이실리프(Yisilipe)'는 아르센 공용어로 '위대한 마법사의 생애'라는 뜻이다.

현수는 멀린과 30분 정도 대면했을 뿐이다. 그럼에도 스승을 기리려는 의도에서 이 명칭을 고수하고 있다.

거의 3,000년이나 되었으니 의리가 대단하다.

Chapter 09

—

모두 거둬들여!

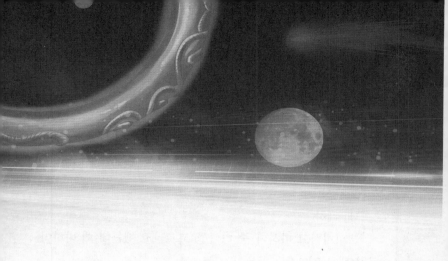

　어쨌거나 도로시는 계약금 500만 달러가 입금되자 이 중 100만 달러를 연예기획사의 자본금으로 출자했다.

　2016년 2월 24일 수요일에 일어난 일이다.

　'Y—엔터'라 명명된 연예기획사의 본사는 대서양 캐리비언 해(Caribbean sea)에 있는 바하마 령(領) 섬 중 하나인 그레이트 아바코(Great Abaco Island)에 위치해 있다.

　이 섬의 중심 도시가 매쉬 하버(Mash Horbour)인데, 북쪽엔 아름다운 해변 팜 비치(Palm Beach)가 있다.

　Y—엔터 본사는 해변의 풍광을 즐길 수 있는 팜 비치 인근 야트막한 언덕 위의 멋진 저택과 부속 건물이다.

이를 위해 거금 70만 달러가 소요되었고, 네 명의 관리인이 고용되었다. 30만 달러는 저택 유지 비용 등으로 사용될 예정이라 바하마 은행에 예치되어 있다.

　나머지 400만 달러는 남아공 국적 검은 머리 외국인인 하인스 킴의 시티뱅크 계좌로 입금되어 있다.

　"도로시!"

　"네, 폐하."

　"파나마하고 바하마 중 하나를 고르라고 했는데 왜 바하마로 선택한 거야?"

　"2013년에 보도된 신문 기사가 있어서요."

　"2013년? 신문 기사? 뭔데?"

　"10월 15일 기사를 보면 '한국 내의 개인이나 법인이 조세피난처로 송금한 금액'에 관한 기사가 있어요."

　"조세피난처라고?"

　참 오래간만에 듣는 말이다.

　현수가 다스리던 이실리프 제국엔 세금이 전혀 없었다.

　일단 모든 토지가 국가 소유이다. 개인이나 법인은 어떠한 경우에도 부동산을 소유할 수 없었다.

　심지어 개인이나 법인이 간척사업으로 바다를 메워 육지를 만들어도 모두 국가 소유이다.

　괜한 돈 들여 그런 짓 하지 말라는 뜻이다.

　그리고 그럴 필요가 있다고 판단되면 전액 국가에서 부담하겠다는 의미이기도 하다.

주택이나 건물 같은 부동산도 95% 이상이 국가 소유이다.

적법한 절차를 거쳐 빈 토지를 임대하고 그 위에 자비로 건물을 지어 사용하는 것은 허락한다.

자신이 원하는 공간에서 기거하겠다는 개인의 취향을 존중하겠다는 의미이다.

이렇게 지은 건축물의 지상권에 대한 소유는 100년간 인정하고, 1회에 걸쳐 100년간 연장할 수 있다.

하지만 그걸 임대하여 소득을 올리는 일 등은 엄격히 금했다. 임대소득을 불로소득의 일종으로 간주한 것이다.

어쨌거나 이실리프 제국엔 부동산과 관련된 일체의 세금이 없었다.

취득세, 종합부동산세, 농어촌특별세, 부가세, 지방교육세, 재산세, 도시계획세, 공동시설세, 임대소득세, 교육세, 양도세, 증여세 등이다.

소득에 대한 세금도 일절 없으며, 상속이나 증여도 완전히 자유롭다. 당연히 상속세와 증여세도 없다.

예전엔 사람으로 태어나면 두 가지를 피할 수 없다고 하였다. 하나는 '죽음'이고, 다른 하나는 '세금'이다.

하지만 이실리프 제국에선 통용되지 않는 말이었다.

어떠한 항목으로도 세금을 걷지 않는다. 모든 가족에게 주거가 제공되고, 능력에 따른 직업도 주어진다.

아울러 평생토록 질병의 고통 없이 살 수 있는 나라이다. 하여 인접 국가 대부분이 제국에 편입되기를 갈망했다.

엄중한 심사 결과를 거쳤지만 점점 더 넓은 영토를 갖게 되었다. 하지만 끝내 허락되지 않는 국가들도 있었다.

제국이 엄격히 규정한 '범죄율'과 '특정 종교 광신자 비율'을 넘어버린 나라들이다.

베네수엘라와 남수단, 그리고 파푸아뉴기니 같은 나라는 범죄율이 너무 높아서 제국 편입을 불허하였다.

광신자 비율과 관련해서 편입이 허락되지 않는 나라는 이슬람 수니파 극단주의 무장단체와 관련 국가들이다.

대한민국도 끝내 이실리프 제국에 편입되지 못했는데 특정 종교 광신자들이 너무 많았기 때문이다.

어쨌거나 제국 편입을 신청했다 거절되었다 하더라도 전쟁을 선포하는 등의 일을 획책하지는 못했다.

그럴 경우 그 국가의 지도부가 쥐도 새도 모르게 사라지거나 권좌에서 쫓겨난다는 것을 알게 된 때문이다.

아무튼 현수는 조세피난처라는 말을 정말 오랜만에 들었기에 저도 모르게 반문한 것이다.

"네. 법인의 실제 발생 소득의 전부, 또는 상당 부분에 대해 조세를 부과하지 않는 국가나 지역을 말해요."

"내가 그것도 모를까 봐? 법인세나 개인소득세에 대해 전혀 원천징수를 하지 않거나 과세를 하더라도 아주 낮은 세금을 적용함으로써 세제상의 특혜를 부여하는 장소잖아."

"맞아요. 외국환관리법이나 회사법 등의 규제가 적고 기업 경영상의 장애 요인이 거의 없음은 물론이고, 모든 금융 거래의 익명성이 철저히 보장되기 때문에 탈세와 돈세탁용 자금 거래의 온상이 되기도 해요."

"바하마도 법인세 등이 완전 면제라는 거지?"

"네. 근데 그래서 바하마를 선택한 건 아니에요."

"그래? 그럼 왜?"

현수가 뭐냐는 표정을 지을 때 도로시의 말이 이어진다.

"아까 말씀드린 기사의 내용을 보면 2000년 이후 2012년까지 1조 달러가 넘는 돈이 한국으로부터 조세피난처로 송금되었어요."

"한국에서? 2000년도는 IMF 구제금융 시기 아냐?"

"맞아요. 1997년 12월 3일에 시작하여 2001년 8월 23일에 끝났죠."

"그런데 2000년부터 돈을 외국으로 빼돌렸다고?"

현수의 음성에 은은한 노기가 섞여 있다.

1997년에 외환위기가 시작되자 한국 정부는 환율 급등을 막기 위해 118억 달러를 외환시장에 쏟아 부었다.

이렇게 대외 부채상환용 외환마저 모두 다 써버린 결과 이후에 도래하는 외채를 막아낼 수 없었다.

1998년 1월이 되자 실업률이 폭등했고, 3,300여 개의 기업이 도산했다.

그 결과 실업자가 양산되면서 수많은 가정이 파괴되었고, 상당히 많은 가장들이 스스로 목숨을 끊기도 했다.

그럼에도 국민들은 금 모으기 운동까지 벌여가며 어떻게든 위기로부터 벗어나려 똘똘 뭉쳤다. 그런데 이 시기에 외화를 빼돌리는 놈들이 있었다니 어찌 분노하지 않겠는가!

"정말 2000년부터 빼돌린 것 맞아요."

"끄응!"

현수가 나지막한 침음을 낸다. 너무 불쾌하여 욕을 하기도 싫다는 뜻이다.

"송금액 규모가 가장 큰 곳은 싱가포르인데 7,830억 8,000만 달러가 송금되었어요."

"뭐? 얼마라고?"

생각보다 훨씬 큰 금액이라 깜짝 놀란 표정을 지을 때 도로 시의 보고가 이어진다.

"벨기에는 726억 5,000만 달러, 스위스 562억 5,000만 달러, 말레이시아 382억 달러 등이에요. 바하마는 4억 4,000만 달러 정도 돼요. 이 밖에⋯⋯."

방금 말한 금액만 1,244조 원을 상회한다.

2016년 대한민국 국가 예산은 약 386조 7,000억 원이다.

국가 예산 전체의 약 3.2배나 되는 어마어마한 금액이 해외로 빼돌려진 것이다.

"으으음!"

현수는 나지막한 침음을 냈다. 갈수록 태산이라는 느낌이 든 것이다.

"제가 조사한 바에 따르면 2012년 이후에도 꾸준히 빼돌렸어요. 총액은 2조 달러 정도 돼요. 이 금액 중……."

현재 환율로 2,424조 원에 대한 보고가 이어졌다. 이걸 듣는 내내 현수의 이마엔 깊은 주름이 잡혀 있었다.

도로시가 언급하는 이름 중에는 현수도 알고 있는 사람도 다수 섞여 있었기 때문이다.

재벌총수 일가는 물론이고 전직 대통령과 그 밑에서 알랑방귀를 뀌던 떨거지들의 이름이 줄줄이 흘러나왔다.

많은 기업인, 언론인, 전?현직 정치인, 고위관료, 법조계 인사 등의 이름도 거론되었다.

그러다 현직 대통령 최측근들의 이름도 튀어나왔다.

'대한민국에는 진정 노블레스 오블리제가 없는 거야?'

국세청 등이 나라의 부(富)가 해외로 빠져나가는 것을 방치하였거나, 국가 권력과 재벌, 그리고 권력 실세가 공모하여 돈을 해외로 빼돌린 것이라면 '국가의 안전을 위태롭게 하는 반국가 활동'이 벌어진 것이다.

이건 현 정권이 그토록 없애지 못하게 하려는 국가보안법 제1조를 명백히 위반하는 행위이다.

"…이 밖에 알려지지 않은 상당수가 있어요."

마치 성당의 고백성사 끝에 하는 말과 비슷하다.

"한심하군, 한심해. 쯧쯧쯧!"

현수는 나직이 혀를 찼다. 이러고도 국가 체제가 유지되는 걸 보면 신기하다는 생각이 든다.

그러다 문득 이상하다는 듯 고개를 갸웃거렸다.

"근데 왜 바하마야? 싱가포르도 조세피난처라며. 그리로 돈이 제일 많이 갔다고 했잖아."

"맞아요. 근데 2014년에 미국 국세청이 발표한 자료에 따르면 각각의 조세피난처에 있던 돈 중 약 800조 원이 바하마로 이체되었다고 해요."

조세피난처에서 또 다른 조세피난처로 돈이 움직였다는 뜻이다. 이는 자금 세탁과 관련이 있을 것이다.

"800조 원? 대체 누구 돈인데?"

"개인과 기업이 섞여 있어요. 머리를 쓴다고 썼지만 제가 누굽니까? 조사해 보니 이 돈 거의 전부 검은돈이에요."

"검은돈! 그래서 어쩌려구?"

현수는 도로시의 의중을 읽었다. 하지만 확실하지 않아 확인하려는 것이다.

"그걸 제가 왜 결정해요? 검은돈이에요, 검은돈이라구요. 어떻게 해서 생긴 건지 모를 돈! 부정한 방법으로 모았을지도 모를 돈! 이 돈을 그냥 둬야 할까요?"

"그걸 왜 내게 물어?"

"그럼 나쁜 놈들과 그 후손들이 평생 떵떵거리면서 사는 걸 보게 할까요?"

현수는 분노 섞인 음성으로 대꾸했다.

"아니! 그건 절대 아니지!"

"그렇죠? 그럼 요긴하게 쓰실 분이 알아서 용처를 정하도록 해야 하지 않겠어요?"

"요긴하게 쓰실 분은 누구지?"

"음! 제가 아는 사람 중 딱 한 분만이 사심(私心) 없이 좋은 곳에 쓸 거라고 생각해요."

"그러니까 그게 누구냐고 묻잖아."

"그야 엄청난 부자라 800조 원 따위는 돈으로 여기지도 않던 폐하가 아닐까요?"

*　　　*　　　*

듣고 싶지 않던 말이기에 침음부터 냈다.

"끄응! 나 유희하고 싶다고 했잖아. 그래서 평범한 의사 노릇 하려고 하잖아. 도로시는 무슨 억하심정이 있어서 그런 말을 하는 거야?"

현수는 뭐 이런 상황이 다 있느냐는 표정을 지었다.

기왕의 유희이니 소소하게 한 달에 1,000~2,000만 원 정도 버는 월급쟁이 의사 노릇도 괜찮겠다고 생각하고 있다.

개업할 건 아니고 페이 닥터 정도면 만족할 생각이다.

현실에선 상위 1%에 해당하지만 현수 입장에선 '아주아주 소박하디소박한 희망 사항'일 뿐이다.

"쳇! 평범한 의사요? 못 고치는 병이 없는 의사가 어떻게 평범해요? 그리고 전 분야에 걸쳐 누구보다도 해박한 의학 지식을 섭렵하실 분이잖아요."

"그런가?"

많은 의학 지식을 머리에 담고 있으면 평범하지 않는 건가 하는 생각을 할 때 도로시의 말이 이어진다.

"마나만 되찾으시면 말기 암도 2~3분이면 완치시킬 능력을 가지신 분이 어떻게 평범해요?"

"그건……!"

정곡을 찔려 말문이 막힌 현수가 잠시 머뭇거릴 때 도로시의 말이 이어진다.

"조금 전에 틀림없이 노블레스 어쩌구 생각하셨을 거예요. 그러신 분이 어떻게… 폐하가 어디 보통 분이세요?"

도로시의 쫑알거림이 이어진다.

"아무리 유희지만 폐하는 누구보다도 높은 지위에 계시던 분이에요. 고매한 인품을 갖추셨구요. 그리고……. 안 그래요?"

도로시는 무려 5분간이나 열변을 토했다. 그리곤 노블레스 오블리제를 실천하라는 무언의 압박을 가한다.

"그건… 쩝!"

또 할 말 없게 만든다.

"진짜 그런 생각을 하셨잖아요! 생각해 보세요. 대한민국에서 800조 원을 정말 사심 없이 쓸 수 있는 사람이 몇이나 있겠어요?"

"왜 없어? 훌륭한 인성을 갖춘 사람들 많이 있을 거야."

"네, 있겠죠. 근데 견물생심이라는 말 몰라요?"

"물건을 보면 그것을 가지고 싶다는 마음이 생긴다는 거?"

"잘 아시네요. 대한민국은 물론이고 전 세계를 뒤져도 800조 원을 가져본 사람은 없어요."

"그래, 그건 확실히 그렇다."

부인할 수 없는 팩트이기에 현수가 저도 모르게 고개를 끄덕이자 도로시의 의기양양하던 음성이 더 커진다.

"근데 폐하는 어떠셨어요?"

"나? 이 대목에서 왜 나를 언급해?"

"여기 오기 전 폐하의 재산이 얼마였냐고 여쭙는 거예요."

"끄응!"

현수는 또 할 말을 잃었다.

서기 4818년이 되던 해에 이실리프 재정국에서 제국의 가치를 조사했고, 국장이 이를 발표했다.

발표자는 조선시대 왕실 재산을 관리하던 내수사(內需司) 수장인 전수(典需)와 같은 직책이다.

내시가 아닌 도로시처럼 에고를 가진 슈퍼컴퓨터였기에 단 한 푼도 가감하지 않은 결과를 발표했다.

어쨌거나 현수의 시간으로 따지면 약 130년 전의 일이다.

당시 발표된 현수의 재산을 현재의 가치로 환산하면 113해 2,837경 8,515조 원 정도이다.

조 단위 이하는 절사한 금액이다.

지구와 달, 그리고 화성과 토성 등에 널려 있는 어마어마하게 넓은 영토와 잘 가꿔진 농토, 그리고 잘 돌아가고 있는 각종 공장 및 기반시설과 어느 누구도 생산해 낼 수 없는 쉐리엔과 바이롯 등의 가치를 합산한 것이다.

"기억하시겠지만 서기 4818년 8월 1일은 이실리프 제국의 건국 2,000주년 기념일이었요. 그래서 재물조사를 한 거죠. 안 그래요?"

"그랬나?"

현수가 짐짓 관심 없는 척했지만 소용이 없었다.

"그 후로도 재산이 엄청 늘어났어요. 목성의 위성인 '이오' 등이 성공적으로 테라포밍 되었잖아요."

"그랬나?"

"쳇! 알면서. 암튼 그것까지 감안하면 얼마쯤 될까요?"

"글쎄? 난 안 세어봐서 모르겠어."

현수는 짐짓 시치미를 떼었다.

"쳇! 또 그러신다. 여기 오기 전에 석 달에 한 번씩 제가 보고 드렸잖아요."

"글쎄? 기억이 안 나!"

현수는 모르쇠로 일관했다.

"어휴! 그럼 다시 말씀드릴게요. 폐하의 최종 재산 평가액은 204해 2,317경 8,560조 원이었어요."

부동산 가격은 포함되지 않은 금액이다.

아무튼 2015년 2월 현재 전 세계 인구는 약 72억 명이다.

이들에게 현수의 재산을 균등 분배한다면 1인당 2조 8,365억 5,000만 원씩 줄 수 있다.

실로 어마어마한 금액이다.

2002년에 시작된 로또의 캐치프레이즈는 '인생 역전'이다.

2016년 2월 현재 690회까지 실시되었는데 1등 당첨금 최고액은 약 407억 2,295만 원이다.

세금을 뗀 실수령액은 317억 6,390만 원 정도이다. 그리고 행운의 주인공은 중소기업 사장이 되어 있다.

317억 6,390만 원으로도 인생이 역전되었는데 2조 8,365억 5,000만 원이라면 어떻겠는가?

4인 가정이라면 그 집 재산이 11조 3,462억 원이라는 뜻이다. 한 채에 10억쯤 하는 아파트를 1만 1,346채나 매입할 수 있는 돈이다.

이처럼 지구인 모두가 단숨에 재벌 소리를 듣게 될 돈이 현수의 개인 재산이었다.

"어? 그렇게 많이 늘었어?"

"쳇! 진짜 모른 척하지 마세요."

"아냐. 정말 몰랐어."

짐짓 순진한 척하지만 도로시는 깡그리 무시했다.

"목성의 위성 중 하나인 '가니메데' 잊으셨어요? 반지름이 2,635㎞나 되는 거대 위성 전체가 이실리프 제국의 영토가 되었잖아요. 철을 비롯한 지하자원의 보고라 하셔놓고."

가니메데의 표면적은 8,720만 6,906㎢이다. 환산해 보면 26조 3,800억 평 정도 되는 넓이이다.

그럼에도 부동산 가격은 0원으로 평가되었다.

"암튼 한국에서 외국으로 빼돌린 돈은 2,424조 원 정도 돼요. 이 중에서 출처 불분명하거나 부정 축재된 것, 그리고 고의로 빼돌린 것들만 추려보니 2,416조 원 정도 되네요."

"그렇게나 많아? 아! 그러고 보니……."

순간적으로 현수의 뇌리를 스치는 상념이 있다.

"역삼동에 '락희'라는 룸살롱을 운영하는 세정파라는 조폭 집단이 있어. 거기 두목이 유국상인데, 유진기라는 아들놈이 실질적으로 이끌고 있을 거야."

말이 떨어지기 무섭게 도로시가 반응한다.

"네, 있어요. 락희는 현재 역삼동에 소재한 세정빌딩 지하 1층에서 성업 중이에요. 매월 수입이 5억 원 이상이네요. 그밖에도 다른 수입도 3억 이상 있구요."

"그래, 그럴 거야. 아무튼 그놈들이 케이먼 군도에 1,300억 원쯤 빼돌려 놓은 게 있을 거야. 확인해 봐."

이번에도 금방 대답한다.

"네, 있어요. 근데 액수가 달라요. 현재 1억 4,350만 달러가 예치되어 있어요. 현재 환율로 1,733억 원쯤 되네요."

이번엔 현수의 반응이 빨랐다.

"그래? 그거 전액 빼돌려."

"네?"

"그거 놈들이 고리사채와 인신매매, 그리고 마약 밀매와 공갈협박 등으로 벌어서 감춰놓은 거야. 많은 사람들의 피눈물이나 마찬가지인 돈이지. 그러니 빼돌리라고."

"알았어요. 즉각 실시합니다."

현수가 잠시 말을 끊자 도로시의 보고가 시작된다.

"케이먼 군도에서 출금된 돈은 218번 송금되면서 세탁되는 중이에요. 지금은 미국, 영국, 프랑스, 독일, 캐나다 등의 가상 계좌에 분산 예치 중이구요. 아! 진짜……."

도로시가 갑자기 짜증 섞인 투정을 부린다.

"왜?"

"인터넷이 너무 느려서 성질이 나려 하네요."

미래의 속도를 감안하면 충분히 이해되는 투덜거림이기에 현수는 고개를 끄덕였다.

"참아. 지금은 2016년이라고. 4946년이 아니야."

"네, 알아요. 알고 있어요. 암튼 세탁 중이에요."

도로시는 투덜거리면서도 열심히 세탁을 실시했다.

10만 개 이상의 가상계좌를 만들어 그곳으로 빼돌린 돈을 보낸다. 연후엔 상호 교차 송금토록 한다.

1회 송금 액수는 10~100달러 수준이다.

일련의 작업이 끝나면 새로 10만 개의 가상계좌가 만들어 진다. 예금주는 미국의 FBI, CIA, NSA 같은 정보기구 및 러시아, 영국, 프랑스, 독일, 일본, 한국, 이탈리아, 스페인, 이스라엘, 지나 등의 첩보기관 등이다.

자금 추적을 하고 싶어도 할 수 없도록 만드는 조치이다.

다음은 각 나라의 세무서와 폭력 조직들의 계좌로 들어갔 다가 새로 생성된 가상계좌로 송금된다.

이 작업을 마치면 위기 시 꼬리를 자르고 도망치는 도마뱀 처럼 이전의 가상계좌들을 해지시킨다.

계좌가 해지됨과 동시에 어디로 송금되었는지까지 삭제되 므로 추적은 완벽하게 불가능해진다.

어쨌거나 그렇게 돌고 돈 자금은 최종적으로 2,416개의 계 좌에 안착되었다.

"세정파 비자금 전액 회수되었어요. 근데 세정 캐피탈 자금 은 어떻게 할까요? 이것도 세정파에서 간 게 꽤 되는데."

도로시의 말이 중간에 끊겼다. 현수가 단호하게 지시를 내 린 때문이다.

"그것들도 최대한 거둬들여. 참, 여당 국회의원 중 박인재라고 있지?"

"혹시… 여당 사무총장이었던 자를 말씀하시는 건가요?"

"그래!"

"그자는 현재 국회의장직을 맡고 있어요."

"하여간 나쁜 놈들이 출세하는 나라라니까, 이 나라는! 그놈 재산도 전부 탈탈 털어."

"가명, 차명까지 전부 털라는 말씀이시죠?"

"그 가족의 재산까지 몽땅!"

현수의 단호한 명령이 몹시 흡족한 듯 도로시의 입가에 미소가 어린다.

"네, 폐하의 명령대로 합니다."

현수는 통쾌하다는 표정을 지었다. 정의를 구현시킨 뿌듯한 마음이 들어서이다. 그렇게 1분쯤 지났다.

빼내는 건 순식간인데 세탁 과정에서 시간이 걸린 것이다.

"박인재 다 털었어요. 여기저기 많이 쑤셔 박아놨지만 몽땅 거둬들였어요. 근데 부동산 재산은 어쩌죠?"

"부동산? 흐음, 그건 당분간 그냥 둬."

"그냥 두라고요?"

"그래. 그래야 처분할 거 아냐. 그거 처분해서 은행 등에 입금시키면 곧바로 빼내. 내가 그만하라고 할 때까지."

"또 없어요?"

"같은 당에 홍신표라는 놈도 있을 거야. 그놈 보좌관이 나성범인가 그래."

"네, 있어요. 이놈들도 탈탈 털어요?"

"그래. 돈 생기는 족족 다 털어서 거지를 만들어 버려."

"알았어요. 근데 나머지는 안 해요?"

"나머지? 나머지 뭐? 또 있어?"

"조금 전에 말씀드렸잖아요. 뒤가 구린 비자금만 무려 2,416조 원이라구요. 전부 검은돈이에요."

"전부?"

"하나 예를 들어볼까요? 어떤 놈이 고위공직에 있으면서 대규모 토목공사를 강행했어요. 반대가 극심했음에도 불구하구요. 그 결과 환경이 많이 파괴되었다는 기사가 있네요."

"……!"

대번에 누구를 언급하는 건지 떠올랐으나 말을 끊지는 않았다. 중요한 건 따로 있기 때문이다.

"놈은 공사를 주는 대신 뒷구멍으로 리베이트를 받아 챙겼네요. 그러면서 청렴결백한 척했구요."

"그랬겠지. 원래 그런 놈일 테니까."

현수가 고개를 끄덕일 때 도로시의 보고가 이어진다.

"여러 계좌로 쪼개서 국외로 송금된 돈은 스위스 은행 등을 거친 뒤 최종적으로 바하마 체이스맨해튼 은행에 예치되어 있어요. 1조 원 정도이고, 예금주 성명은 Young—Lee로 되어 있네요."

"Young는 무슨… 다 늙은 새끼가……."

"늙어요? 그걸 어떻게 알죠? 혹시 아시는 '분' 인가요?"

"분이 아니고 '놈' 이야. 아! 놈도 아니고 '새끼' 구나. 그건 중요한 게 아니고… 당장 그놈 재산 전부 다 빼돌려! 국내외를 막론하고 마누라와 자식들 예금까지 몽땅 다!"

"배우자와 자식들만요?"

어찌 무슨 뜻인지 모르겠는가!

"사위와 며느리, 손자, 손녀까지 모조리 싹싹 긁어!"

"알았어요. 근데 그놈 말고도 권력을 이용하여 기업에게 특혜를 주고 막대한 대가를 챙긴 놈이 또 있어요."

"그래?"

현수는 누군지 어서 말하라는 표정을 지었다.

"1981년부터 1990년까지 엄청나게 빼돌렸어요. 이놈 재산도 바하마에 있네요."

"예금주가 누군데?"

"성명은 Bald Eagle Field로 되어 있어요."

Bald Eagle은 미국을 상징하는 '흰머리 독수리'를 지칭하는 어휘이다. 그런데 Field라는 성(姓)은 본 적이 없다. 따라서 사람 이름은 아닌 듯싶다.

"뭐야? 흰머리 독수리 들판? 흰머리 독수리 사육장? 흰머리 독수리 밭? 이건 아닌 것 같고, 흰머리 독수리 영역? 흰머리 독수리 장(場)? 이것도 아닌 거 같네. 뭐지?"

"글쎄요? 흐으음!"

도로시가 생각에 잠긴 듯한 포즈를 취한다. 앙증맞으면서
도 귀여워 보인다. 그러다 살짝 눈을 떴다.

"도로시, 무슨 뜻인지 알 것 같아?"

"글쎄요? 흰머리 독수리는 멀리서 보면 대머리처럼 보여요.
그리고 Field는 뜻이 너무 많구요. 제 생각엔 '대머리 독수리
밭' 정도인 거 같아요."

"흐으음!"

도로시의 말이 끝날 때쯤 현수의 뇌리를 스치는 인물 하나
가 있다. 조금 전에 언급된 놈과 비슷한 지위에 있던 놈이다.
자신의 권력 유지를 위해 많은 사람을 죽이거나 다치게 한 악마
같은 놈이다.

"근데 대머리 밭 이놈 재산은 어떻게 해요?"

"어떻게 하긴, 모조리! 마누라는 물론이고 아들과 딸, 사위
와 며느리, 손자, 손녀 재산까지 깡그리 회수해."

"정말요?"

"그래. 다 빼돌려. 단 한 푼도 남기지 말고. 아 참, 이놈에
게 형제가 있을 거야. 그놈들 것도 싹 다 거둬들여."

"처갓집 것은요?"

"당연히 검은 건 모조리 거둬야지."

"네, 지시대로 할게요."

"근데 지금 바로 할 거야?"

"아뇨. 아직은……. 철저하게 파악해서 한 번에 싹 처리해야죠. 와, 근데 이놈들 돈 감추는 데 선순가 봐요."

"왜? 뭐가 어려워?"

"차명 거래가 너무 많아서요. 잠깐만요."

"그래, 천천히 해도 돼."

현수는 도로시가 완벽하게 돈을 빼돌릴 수 있도록 충분한 시간을 줄 생각이다. 어차피 방심하고 있을 것이기 때문이다.

Chapter 10

—

적폐(積弊) 거덜 내기

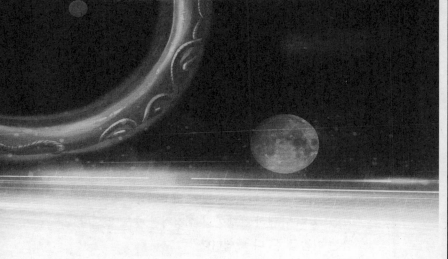

　"폐하, 현 대통령 측근 중에 욕심 많은 놈들이 있네요. 늙은 놈과 여우같은 놈 둘이 있는데 이놈들 것도 빼앗아야죠?"

　"검은돈이면 당연히 그렇게 해야지. 근데 뭐가 많아?"

　"늙은 놈은 1980년대부터 뇌물을 엄청 받았나 봐요. 서초구에 아파트 18채, 강남구는 33채, 송파구에도 26채나 있어요. 부산엔 빌딩만 6개구요, 다른 부동산도 꽤 돼요."

　"그래? 80년대부터 받아 처먹었으면 그렇겠지."

　"젊은 놈은 장모와 처가 식구들 명의로 36홀짜리 골프장을 소유하고 있네요."

　"18홀도 아니고 36홀? 꽤 넓겠네."

"80만 평쯤 되네요."

"개인인데? 그게 가능해?"

"가능은 하죠. 검은돈으로 사는 거니까요."

"그거 처분 가능해?"

"당연하죠. 근데 그거보다는 자금줄을 말려서 은행에서 빚 대신 차압하는 걸로 하는 게 낫지 않겠어요?"

"그건 그렇군. 괜히 은행까지 휘청거릴 수도 있으니."

"암튼 이놈들 돈 다 빼냅니다."

"그래! 다 털어!"

현수의 허락이 떨어졌다.

"호호! 알았어요. 되는대로 빼돌려 둘게요."

도로시는 검은돈 빼돌리려는 게 재미있는지 금방금방 대답한다. 그러다 문득 생각난 듯 이야기한다.

"북한 수뇌부들이 해외로 빼돌린 재산도 상당히 많은데 이건 어떻게 하죠?"

"북한의 수뇌부?"

이전엔 본인에게 충성하던 존재들이다.

한반도 북쪽 땅이 이실리프 왕국의 영토가 된 후엔 충성의 뜻으로 빼돌린 해외 재산을 모두 바치기도 했다.

중첩된 충성 마법 때문이기도 하지만 현수의 사심 없는 영도력에 감읍한 결과이다.

"어차피 내게 준 거였어. 그것도 다 회수해."

"회수요? 원래 폐하의 돈이었나요?"

홀로그램으로 떠 있는 도로시가 고개를 갸웃거린다. 언뜻 이해되지 않은 모양이다.

북한 수뇌부에 포진해 있던 자들은 재산을 헌납했지만 황제 회고록에는 쓰지 않았다.

현수 입장에선 그리 크지 않은 푼돈이었던 것이다. 관련 기록이 없으니 도로시가 모르는 것이다.

"그런 게 있어. 아무튼 그 돈도 다 거둬들여."

"네, 폐하. 그리고 몇몇 프랜차이즈 기업주들이 빼돌린 게 있어요. 예를 들어……."

도로시는 보고했고, 현수는 조금이라도 못된 짓을 한 기업과 관련된 돈은 모조리 압수하도록 지시했다.

인원이 많았기에 깊은 밤이 되도록 놈들의 재산을 어떻게 하느냐는 질문이 이어졌다.

백미는 현직 대통령의 최측근이 가진 재산이었다.

평생 직업이라곤 가져보지 않은 여자임에도 불구하고 어마어마한 액수가 해외에 짱박혀 있었다.

독일, 스위스, 이집트, 미얀마 등에 많은 돈을 감춰두었다.

보안이 철저하기로 이름난 스위스 은행도 털리는데 다른 곳은 어쩌겠는가! 검은돈은 모두 회수하도록 지시했다.

"그리고 폐하, 언론계와 법조계에……."

"그만! 이제부터는 도로시가 알아서 판단해."

"네, 폐하."

현수는 평범한 인간이 되었으니 수면을 취해야 하지만 도로시는 잠들지 않는 존재이다.

현수가 잠들어 있는 동안 각종 의학 지식을 두뇌에 입력하는 작업 이외에도 비자금 및 검은돈 확인 작업을 계속할 예정이다. 이에 대한 분명한 기준은 제시되었다.

먼저 소위 상류층이라 하는 자들의 재산을 파악토록 했다. 정치인과 언론인이 먼저이다.

털어서 먼지가 나면 곧바로 다 거둬들인다. 평상시에 거래가 잦은 계좌로 송금하여 빼돌리도록 하였다.

도로시는 아무리 꽁꽁 감춰놓았다 하더라도 가상계좌를 통한 돈세탁까지 1분 이상 걸리지 않을 것이라고 장담했다.

단, 금융 재산이 1조 원 이상이면 5분, 10조 원 이상이면 20분이 필요하다고 했다. 이것이 끝나면 사회적 물의를 빚은 자들의 재산 몰수 작업이다.

그중 첫째는 친일 잔재들의 보유 재산 몰수이다.

단, 조상이 친일을 했음을 부끄럽게 여기고 진심으로 은인자중하는 자들은 예외이다. 이에 대한 판단은 신문 기사 및 인터넷에 올라온 글을 참조하라고 했다.

다행히도 도로시의 하드디스크엔 관련 자료들이 저장되어 있었다. 오래전 홍진표 교수가 대통령에 당선되었을 때 만들어진 것과 추가로 조사된 것들이다.

이것과 대조하면 누가 진짜 친일 행위자였으며, 누가 어떤 부역을 했고, 누가 누구에게 동조했는지 확인 가능하다.

아무튼 친일 잔재는 그야말로 껍질을 홀랑 벗기도록 하였다. 완전히 알몸이 되어 길바닥에 나뒹굴 정도가 될 때까지 철저히 추적하고 환수하라고 하였다

다음은 이들이 저지른 각종 불법 행위에 대한 고발이다. 증거 자료를 검찰과 언론사로 송부토록 하였다.

아울러 인터넷 게시판과 SNS 등에도 올리도록 하였다.

다음은 '갑질' 등으로 여럿의 마음을 불편하게 한 자에 대한 처벌이다. 이들은 모든 금융 자산을 잃게 될 것이다.

보유하고 있던 부동산을 처분하거나 담보로 제공하여 계좌에 돈을 넣어놓으면 그것 역시 빼돌리도록 하였다.

이는 보유 재산이 제로가 될 때까지 계속될 것이다. 아울러 직업을 잃도록 모든 수단이 강구된다.

그렇게 하여 모든 돈과 직업을 잃게 되면 자연스레 '을', 또는 '병'의 입장이 되어버린다.

그러면 '갑'이었을 때 '을'이나 '병'이 어떤 기분이었으며, 자신이 어떤 인간이었는지를 처절하게 깨닫게 될 것이다.

그런다고 하여 원상으로 복구되지는 않을 것이다. 평생을 당하면서 살아보라는 뜻이다.

어쨌거나 현수가 잠든 사이에 부정부패, 정경유착, 고리사채, 부동산 투기, 사기, 공갈 및 각종 범죄 행위로 번 돈을 해

외로 빼돌려 놓은 놈들의 재산이 속속들이 파악되었다.

여당 국회의원 대부분이 대상자였고, 야당의원도 상당수가 있었다. 주류 언론사 사주들은 100%였다.

이 밖에도 수많은 계좌가 탈탈 털렸다.

도로시는 동시에 20만 계좌 이상을 핸들링 했다.

약 5만 계좌는 서로가 서로에게 수없이 교차 송금하는 것이고, 나머지는 국내외에서 만들어진 가상계좌이다.

일단 시작이 되면 돈이 사라지고 있음을 눈치챈다 하더라도 일의 진행을 저지할 시간적 여유가 없을 것이다.

불과 1~2초 사이에 10회 이상 이체가 실행되기 때문이다.

그 결과 언제든 현수가 다룰 수 있는 돈의 액수가 기하급수적으로 늘어나게 될 것이다.

그렇지만 현수의 명의는 아니다. 나쁜 놈들로부터 거둬들인 돈은 수많은 가상계좌에 존재하게 될 것이다.

외국으로 빼돌려 놓은 뒤 구린 재산을 모두 회수하고, 대한민국 사회구성원 자격에 미달하는 놈들의 재산 또한 몽땅 거둬들이는 것이니 당연한 일이다.

"도로시, 난 평범하고 싶어. 이건 유희라고! 드래곤도 유희를 할 때엔 자신의 능력을 일정 부분 봉인하잖아."

현수가 자면서 중얼거린 잠꼬대이다. 이를 들은 도로시는 이렇게 대꾸하였다.

"흥! IQ 2,500쯤 되는 사람은 절대로 평범해질 수 없음을 몰라요? 뭘 모르셔도 너무 모르셔."

도로시의 중얼거림은 이것으로 끝이 아니었다.

"그리고 폐하는 너무 뛰어난 분이라 그런 삶을 살 수도 없어요. 평범하지 않은데 어떻게 평범해져요? 낭중지추, 군계일학, 뭐 이런 말 몰라요? 암튼 살아보면 아실 거예요."

도로시가 투덜거리는 동안에도 수없이 많은 이체와 송금이 이루어졌다.

한국에서 해외로, 해외에서 다시 한국으로, 그리고 또다시 해외와 한국으로 수없이 반복되고 있는 것이다.

제아무리 솜씨 좋은 추적기술자라도 절대 찾아낼 수 없는 완벽한 자금 세탁이 이루어지고 있었다.

＊　　　　＊　　　　＊

"어서 오십시오."

"네, 반갑습니다."

2016년 2월 28일 일요일, 히야신스가 영업하지 않는 날이라 현수는 말끔한 차림으로 커피숍 의자에 앉아 있었다.

그러다 자리에서 일어나 반갑게 맞이하는 현수를 본 조연은 어떻게 자신을 알아보았는지 궁금했으나 묻지는 않았다.

"먼 길 오시느라 고생하였습니다. 일단 앉으시죠."

"네? 아, 네."

조연은 오늘 아침 일찍 거제도에서 출발하여 왔다. 그곳 건축 현장에서 잡부로 일하고 있었기 때문이다.

　케이원 엔터테인먼트가 망한 후 잠시 방황했으나 가족을 부양해야 하는 가장인지라 일자리를 찾아 내려간 것이다.

　어제 오후 조연은 하인스 킴의 비서라 하는 도로시 게일의 전화를 받았다.

　오전 작업을 마치고 현장 식당에서 점심을 먹고 나서던 참이다. 이때 조 사장은 걸려온 전화번호를 보고 갸웃거렸다.

　알지 못하는 번호였기 때문이다.

　폐업하면서 재산을 처분하여 최대한 갚았고, 나머지는 벌어서 해결하겠다고 약속했다. 그리고 그대로 실천 중이다.

　월수입 중 최소한의 비용을 뺀 나머지를 꼬박꼬박 송금하고 있었다. 그러니 누구의 전화든 피할 이유가 없었다.

　"흐음, 모르는 번호네. 누구지? 여보세요."

　"안녕하세요? 케이원 엔터의 조연 사장님이시죠?"

　"네? 누구… 십니까?"

　처음 도로시의 전화를 받았을 때의 반응이다. 채권자가 누군가에게 채권을 넘겼나 싶었던 것이다.

　"저는 도로시 게일이라고 해요. 잠시 통화 가능한가요?"

　"도로시 게일이요? 네, 말씀하십시오."

　"저는 하인스 킴이라는 분의 비서인데……."

　도로시와의 통화 내용을 간추리면 다음과 같다.

1. 하인스 킴은 남아공 사람으로 바하마에 'Y—엔터' 라는 연예기획사를 소유하고 있다.

2. 케이원 엔터 소속이던 서연, 세란 등 다섯 명을 다시 규합하여 '다이안' 을 부활시키려 한다.

3. 이들을 가장 잘 알고 있을 테니 매니저를 해달라.

4. 다이안이 원활한 연예 활동을 할 수 있도록 지원하겠다.

5. 계약금은 5억 원이고 월 급여는 1,000만 원이다.

조연 사장의 채무 잔액이 3억 2,000만 원 정도이니 계약금을 받으면 빚을 청산하고도 1억 8,000만 원이나 남는다.

이 정도면 서울 외곽에 방 세 개짜리 빌라를 사거나 전세를 얻을 수 있다. 처가 형제들의 집에 뿔뿔이 흩어져 있는 아내와 아들, 그리고 딸과 함께 살 수 있는 것이다.

모든 이야기를 들은 조연은 다음과 같이 반응했다.

"정말 좋은 제안입니다. 그런데 제가 어떻게 믿죠?"

도로시의 말을 믿고 서울로 갔다가 허사가 되어버리면 어렵게 얻은 일자리도 잃게 된다.

"그럼 계좌번호 불러주세요."

"네?"

"계좌번호 불러주시면 계약금을 보내드릴게요."

혹시 보이스 피싱인가 싶은 생각이 들었지만 어차피 계좌엔

잔고가 없다. 손해 볼 것이 없었다.

"…좋습니다. 국민은행 568005-06-543651이구요, 예금주는 최연실로 되어 있습니다."

"잠시만요. 되었습니다. 잔고 확인해 보세요. 아, 시간이 필요하시겠군요. 5분 후에 다시 전화 걸겠습니다."

"……!"

통화가 끊기자 조연 사장은 대체 이게 뭔가 싶었다. 그러면서도 아내의 계좌를 확인해 보았다. 혹시나 해서이다.

"헉!"

정말 5억 원이 입금되어 있었다.

잠시 후 다시 도로시와 통화를 했다. 그 결과 지금 이 자리에 나타나 있는 것이다.

"어? 남아공 분이라고 들었는데 한국 교민이신가요?"

"아닙니다. 그냥 남아공 사람입니다."

"아! 한국말이 아주 유창하시군요."

"네, 잘합니다."

"참, 저를 고용해 주셔서 고맙습니다."

"고맙기는요. 그나저나……."

현수는 Y-엔터에 대한 이야기부터 시작했다.

자본금은 500만 달러, 한화 60억 6,000만 원이다.

이 중 70만 달러는 해변에 위치한 저택을 구입하였다. 이게 본사 건물이라고 한다. 30만 달러는 저택과 부속 건물을 관리할 비용으로 바하마 은행에 예치되어 있다.

나머지 400만 달러는 48억 4,800만원에 해당된다.

도로시는 마포구 구수동에 매물로 나온 3년 된 건물을 물색해 놓았다. 이곳은 방송사가 있는 여의도와 상암동, 등촌동, 그리고 일산 등지로 오가기 편한 위치이다.

대지 면적 110평, 건축 면적 54평, 연면적 270평인 지하 1층, 지상 5층이다. 급매물로 나와 있는데 호가는 40억 원이지만 일시불 조건이면 38억까지도 가능하다.

부동산 중개수수료와 등기 제비용을 계산해 보니 대략 1억 8,000만 원 정도가 소요된다.

건물 매입비와 조연에게 지불한 계약금까지 뺀 나머지는 3억 6,800만 원이다.

현재 이 건물의 지하 1층과 2~5층은 비어 있다.

1층엔 편의점과 분식집이 입주해 영업 중이고, 5층엔 주인이 거주하고 있다.

이 건물을 매입하면 2층엔 미용실과 카페를 입점시키고, 3층은 사무실과 녹음실, 4층은 연습실로 꾸민다.

5층은 멤버들이 숙소로 사용할 수 있도록 개조한다. 이것의 인테리어는 신축 아파트 수준으로 한다.

그간 마음고생이 심했을 멤버들에 대한 배려이다. 물론 조연 대표는 왜 이렇게 선심을 쓰는지 의아해했다.

그러거나 말거나 현수의 말은 이어졌다.

남은 돈으로 업무용 승용차와 다이안의 이동을 위한 스타크래프트 밴을 신차로 구입한다.

멤버들에게도 적정한 계약금을 줄 것이고, 계약 기간은 3년, 수익 분배는 7대 3으로 하라고 했다.

멤버들이 7, 회사가 3이다.

현수의 이야기를 들은 조연 대표는 눈을 크게 떴다. 말도 안 된다는 표정이다.

"에? 그러면 회사에 남는 게 없습니다. 자칫 적자가 날 수도 있구요. 저희 업계는……."

조연은 자신의 경험을 이야기했다. 자신이 운영하던 케이원 엔터가 왜 망했는지를 까놓은 것이다.

*　　　　　*　　　　　*

첫째는 뒷심 부족이었다.

시작할 때부터 자본금 자체가 적었지만 추가 투입이 필요할 때 그러지 못했다.

데뷔곡으로 번 돈을 거의 다 써갈 즈음 있던 돈을 박박 긁어모아 간신히 후속곡을 사기는 했다.

하지만 멤버들의 의상, 헤어, 메이크업, 이동, 주거 등에 들어가는 돈을 감당할 수 없었다.

둘째는 멤버 우선 회사 운영 때문이었다.

멤버들에 대한 배려는 돈 먹는 하마가 되어버렸다.

끝없이 들어가기만 했고, 금액이 적지도 않았다. 돈이 없어서 휘청거리던 판이었기에 더 빨리 무너지게 만들었다.

셋째는 확장 욕심이었다.

다이안이 데뷔했을 때 대중들의 시선을 끄는 데 성공했다.

곡도 곡이지만 신선하고 풋풋했으며 빼어난 미모와 섹시한 몸매까지 갖추고 있어 가능했던 일이다.

그 결과 리더인 서연은 물론이고 세란, 정민, 연진, 예린까지 널리 알려졌다. 덕분에 행사 수익이 짭짤했다.

여기에 자신감을 얻은 조 대표는 다른 아이돌 그룹을 기획했고, 거기에 돈을 투입했다.

그런데 다이안의 후속곡이 기대만큼의 성과를 얻지 못하였다. 밀어줄 수 있는 재원이 없었기에 기획한 아이돌 그룹은 데뷔조차 하지 못하고 해산되었다.

이런 여러 사유를 이야기한 조연 지사장은 현수가 말한 대로 건물을 사고, 각종 시설을 갖추고 나면 런칭(launching)에 들어갈 돈이 부족할 수 있음을 주지시켰다.

"건물 1층과 2층에서 들어오게 될 임대료로 건물 유지 비용은 충분하겠죠?"

"그거야… 네, 그럼요."

전기, 수도, 가스, 전화, 인터넷 요금 등은 충분히 충당하고 남을 것이다.

"그래도 회사를 유지하려면……."

조연 대표의 우려 섞인 표정을 읽은 현수는 말을 끊었다. 지금은 무언가를 걱정하고 있을 때가 아니기 때문이다.

"돈이 부족하면 건물을 담보로 융자를 받죠. 38억짜리 건물이니 20억 정도는 대출해주지 않겠습니까?"

말은 이렇게 했지만 대출 받을 마음은 추호도 없다.

곧 유튜브 정산금도 있을 거고, 아일랜드 데프 잼 레코딩스에서 오는 금액도 있을 것이기 때문이다.

둘 다 결코 적지 않은 금액일 것이다.

그리고 멤버 대 회사의 수익률 7대 3은 순수익에 대한 배분율임을 주지시켰다. 다시 말해 총수익에서 모든 경비를 뺀 나머지를 분배하라는 소리이다.

"그럼……!"

조연 대표는 할 말이 없었다. 그리고 운영 자금으로 20억 원이 있다면 1년 이상 충분히 버텨낼 수 있기 때문이다.

하여 화제를 슬쩍 돌렸다.

"참, 지하 1층은 비워두실 건가요?"

"반지하이긴 하지만 채광이 좋고 층고가 높아서 미용실과 카페를 밑으로 내려 보내도 될 것 같더군요."

직접 가본 건 아니지만 능력 있는 도로시는 설계사무소 하드디스크에 보관되어 있는 설계도를 구해냈다.

그걸 바탕으로 3D 홀로그램을 투영시켜 줬다.

일출부터 일몰까지를 모두 볼 수 있었다. 전후좌우에 위치한 건축물들을 100% 고려한 것이라 실제와 같다.

그렇기에 직접 가본 것처럼 이야기한 것이다.

"그럼 2층은……?"

"생각 중이에요. 일단은 입점할 미용실과 카페가 지층과 2층 둘 중 어디를 원하는지 결정되어야 할 것 같아요."

"미용실과 카페가 2층을 원하면 지하를 어찌 사용할 건지 고민하고, 그들이 지층을 원하면 2층을 어떻게 활용할 건지 나중에 결정하자는 말씀이시죠?"

"네, 맞습니다."

현수는 자신의 생각과 같기에 크게 고개를 끄덕였다.

"알겠습니다. 일단은 부동산에 내놔야겠습니다."

"그렇게 하세요. 자, 이거 받으세요."

현수가 내민 건 구수동 건물 주소와 인근에 있는 부동산중개사무소의 전화번호, 그리고 43억 4,800만 원이 들어 있는 시티은행 통장과 도장이다.

이 밖에 Y—엔터 한국지사 설립에 필요한 서류와 외국인이 국내 부동산을 매입할 때 필요한 것들이 함께 있다.

"이걸 왜……?"

조연은 거금이 들어 있는 통장을 보며 말을 얼버무렸다. 돈이 탐나서가 아니라 왜 이런 걸 본인에게 주느냐는 뜻이다.

"조 대표님, 아니, 조 지사장님!"

Y—엔터 한국지사의 사장을 맡으라는 뜻이다.

"네? 지, 지사장이라니요? 비서 분이 제게 매니저를 맡으라 하셔서 그런 줄 알고……. 그분이 지사장 아닌가요?"

"도로시요? 그녀는 제 개인 비서예요. 그리고 저와 같은 외국인이죠. 한국말은 잘하지만 연예계에 대해 아는 바가 없어요. 그래서 지사장이 될 수 없습니다."

"아! 그런가요? 아무튼 이건 왜 제게……?"

"믿고 맡긴다는 뜻입니다."

"……!"

계약금을 받았으니 함께 일이야 하겠지만 오늘 초면이다. 그런데 큰돈을 너무 쉽게 맡긴다.

생긴 것과 말하는 것을 보면 영락없는 한국인이지만 엄연한 외국인이다. 따라서 자신이 누군지 알지 못할 것이다.

그러다 문득 떠오른 생각이 있다.

'어, 그러고 보니 내 전화번호를 어떻게 알았지?'

조 지사장이 쓰는 휴대폰은 아내 명의 알뜰폰이다.

회사가 망했을 때 전에 쓰던 전화를 버렸다. 쓸데없는 전화가 너무 많이 걸려왔고, 요금이 비싸서이다.

하여 지금 쓰는 건 가족과 채권자들만 아는 번호이다. 그런데 도로시 게일이 직접 전화를 걸었다.

'흐음! 나중에 물어봐야겠군. 어떻게 알았을까?'

심히 궁금하긴 한데 당사자가 없다.

그러다 문득 떠오른 상념이 또 있다. 다이안이 재기하려면 적지 않은 비용이 필요하다는 것을 잠시 간과한 것이다.

"깜박 잊고 말씀을 안 드렸는데 '다이안'이 활동을 재개하려면 곡을 사야 합니다. 그리고 치프매니저 역할을 제가 맡는다 해도 로드매니저가 따로 있어야 하고, 행정을 맡아줄 직원도 꼭 필요합니다. 아울러 코디네이터나 스타일리스트, 그리고 메이크업 아티스트도 있어야 하고……"

딱 보니 현수는 국내 연예계에 대해 아는 바가 적다. 하여 연예인을 어찌 서포트해야 하는지 설명했다.

현수는 중간에 말을 끊지 않고 차분히 다 들어주었다.

"먼저 곡은 걱정 안 하셔도 됩니다."

준비해 온 '지현에게' 악보를 꺼내주었다.

"이거 누가 작사, 작곡한 건가요? 이름이 없네요."

대부분 오선지 위에 작사가와 작곡가 성명이 쓰여 있게 마련인데 아무것도 없으니 물은 것이다.

"그게 중요한가요? 곡이 중요하죠."

"네, 그건 그렇죠."

조연은 콩나물 대가리가 잔뜩 있는 악보만 보고 그게 어떤 곡인지를 판별해 낼 능력이 없다.

들어보고 '좋은데', '괜찮네', '가능성이 있어', '그저 그래', '별로야', '시원치 않네', '이건 뭐냐' 는 정도를 가늠할 뿐이다.

매니지먼트에 특화되어 있을 뿐 음악에 대한 조예가 별로라 그렇다. 그렇기에 인류 최고의 곡으로 꼽히는 '지현에게'를 보면서도 맨송맨송한 표정이다.

그러면서도 고개를 끄덕인다.

지현이 누구인지는 모르지만 그 여인을 사랑하는 사내의 마음이 오롯이 담겨 있는 좋은 가사라 생각한 것이다.

"가사 좋네요. 근데 이거 한 곡만으로는……."

"알아요. 이건 다른 곡 악보입니다."

이번에 내민 건 '첫 만남' 이다.

"아! 또 있으셨군요."

조 사장은 또 가사만 훑어본다. 콩나물 대가리는 아무리 봐도 구별이 안 되기 때문이다.

조연은 이 노래의 가사 또한 마음에 와 닿았다.

'운명적인 만남', '첫눈에 반한다', '보자마자 가슴이 설어' 라는 말이 절로 떠오르는 가사인 것이다.

그러면서 떨어져 지내는 아내를 떠올렸다.

풋풋하던 대학 새내기 시절에 만났는데 조 지사장이 첫눈에 반해 줄곧 쫓아다녔다. 그러다 운 좋게 마음을 얻었고, 4년이나 불같은 사랑을 하고야 부부로 맺어졌다.

한동안 괜찮게 살았지만 사업에 실패하는 바람에 크게 고생시켰다. 하지만 이젠 아니다.

도로시가 보내준 계약금으로 채무는 모두 상환되었다. 더이상 빚쟁이가 아닌 것이다.

하여 상경하는 내내 후련함을 느끼며 행복해했다.

오늘 오후엔 아내와 함께 살 집을 알아보러 가기로 했다.

가급적 사무실이 있게 될 구수동 인근을 찾아보겠지만 1억 8천만 원으론 전세도 힘들 것이다.

마포의 집값이 만만치 않은 때문이다.

그렇다면 조금 더 저렴한 강서구 쪽으로 가볼 생각이다. 흩어져 있던 가족이 다시 모이니 방 세 개는 있어야 한다. 그래서 혼쾌한 마음으로 가사에 집중하고 있다.

그런데 가사를 처음 접하는 표정이다. 유튜브를 뜨겁게 달구는 노래라는 걸 전혀 모르는 것이다.

"…조 지사장님은 요즘 노래 안 들으시죠?"

"네? 아, 네. 그렇지요."

건설 현장에서는 주의와 집중이 필요하다. 아차하면 사고로 이어질 수 있기 때문이다. 게다가 현장 일 쪽에선 막내이다.

이어폰을 끼고 일을 할 수 있는 입장이 아닌 것이다. 그렇기에 한동안 음악과 떨어져 살았다.

"그럼 그 노래 한번 들어보실래요?"

"네? 누가 벌써 부른 곡이에요?"

몹시 놀란 표정이다.

표절 시비가 어떤지 너무도 잘 알기 때문이다. 손해배상은 물론이고 활동을 접어야 하는 치명타가 될 수도 있었다.

"일단 들어보세요."

현수는 휴대폰에 끼워져 있던 이어폰을 건넸다. 그러곤 말없이 재생 버튼을 클릭했다.

♪♫♪~ ♪♫~

"……!"

조연 지사장은 '지현에게'를 듣는 동안 두 번이나 움찔거렸다. 그런 그의 팔에 소름이 잔뜩 돋아 있다.

첫째는 가창력 높은 남성 5중창에서 느껴지는 중후함과 절묘한 화음 때문이다.

둘째는 너무도 아름다운 선율 때문이다. 듣고 있는 것만으로도 기운이 회복되는 느낌이다.

"세상에! 이거 어느 그룹이 부른 거죠?"

이건 표절이 문제가 아니었다. 대체 누가 이렇게 멋지게 소화해 냈는지 너무도 궁금한 것이다.

"다음 곡도 들어보세요."

'첫 만남'의 연주가 시작되자 조 지사장은 지그시 눈을 감았다. 제대로 감상해 보겠다는 뜻이다.

여전히 남성 5중창이다. 감미로우면서도 깔끔하고, 강인하면서도 부드럽다. 귓가를 간질이는 속삭임처럼 마음속을 헤집어 묘한 설렘을 느끼게 한다.

곡이 끝나자 눈을 크게 뜬다.

"이거 대박입니다. 어떤 그룹이죠? 국내에 이렇게 노래 잘 부르는 남성 중창단이 있었나요?"

"……!"

현수는 빙그레 웃음 지으며 휴대폰 액정을 보여주었다.

뮤직비디오가 끝나며 '작사 Heins Kim, 작곡 Heins Kim, 노래 Heins'라는 자막이 올라가고 있다.

잠시 이게 뭔가 싶어 시선을 집중시키던 조 사장은 놀란 표정으로 현수를 바라보았다.

"설마… 이거 진짜입니까? 잠깐만요 조회 수가……? 헐!"

유튜브에 업로드한 지 한 달도 되지 않았다.

그런데 조회 수 1억 2,000만이 넘었다. 그보다 늦게 올린 '첫 만남'도 1억 1,000만을 훌쩍 넘기고 있었다.

전혀 알려지지 않은 신인의 노래가 이런 조회 수를 보이는 건 정말 어려운 일이다. SNS와 입소문만으로 이런 결과를 얻어냈다면 정말 대단한 일이기도 하다.

Chapter 11

—

Y-엔터의 시작

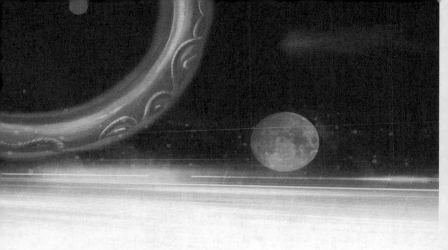

"방금 들으신 곡의 외국 버전도 들어보실래요?"

"네? 외국 버전이요?"

"그 곡은 영어, 불어, 한국어, 독어, 스페인어, 힌디어, 아랍어, 포르투갈어, 러시아어, 아프리칸스어, 터키어, 이태리어, 이렇게 열두 개 언어로 발표되어 있습니다."

"여, 열두 개의 언어요?"

조 지사장은 몹시 놀란 표정을 짓는다.

영어, 불어, 독어는 어쩌다 한번 들어보기라도 했지만 나머지 언어는 들어본 적조차 없기 때문이다.

"영어 버전은 미국의 음반사와 계약이 되어 있습니다."

"미국이요?"

"네, '아일랜드 데프 잼 레코딩스(The Island Def Jam Recordings)'라는 회사와 계약했습니다."

"어, 어디요? 아, 아일랜드 데프 잼 레코딩스요?"

연예계에 몸담고 있었기에 이 회사를 알고 있다. 강남스타일로 강제 해외 진출을 당했던 싸이(PSY)의 미국 소속사이다.

본 조비, 머라이어 캐리, 제니퍼 로페즈, 저스틴 비버, 리한나, 칸예 웨스트, 노엘 갤러거 등도 소속되어 있다.

조 지사장에게 있어 아일랜드 데프 잼 레코딩스는 미국뿐만 아니라 세계 최고의 음반사이다.

"네. 거기서 계약금으로 500만 달러를 받았습니다. 그 돈이 Y—엔터의 자본금이죠."

"……!"

조 지사장의 동공이 급격히 팽창한다.

싸이 정도 되는 명성을 얻지 못하면 불가능에 가까운 일이라 생각하고 있었다. 그런데 완전 무명인 Heins Kim이 데프 잼과 계약을 했다고 한다.

곡이 얼마나 좋으면 이렇게 했겠는가! 하여 놀란 표정을 짓고 있을 때 현수가 피식 웃음 짓는다.

"소개해 줄 사람이 있어요."

"소개요?"

현수는 대답 대신 손을 번쩍 들었다. 건너 건너편 창가에 앉아 있던 백인이 환한 웃음을 지으며 다가왔다.

"소개해 드리죠! 아일랜드 데프 잼 레코딩스의 계약 담당 수석매니저 올리버 캔델 씨입니다."

"아, 안녕하십니까? 조, 조연입니다."

조 지사장은 넋 나간 표정이다. 이런 자리에서 이런 거물을 만날 것이라곤 예상치 못한 때문이다.

그러거나 말거나 현수의 소개가 이어진다.

"이쪽은 Y—엔터 한국지사를 맡게 된 조연 지사장입니다."

"오오! 반갑습니다, 조 지사장님!"

캔델은 어젯밤 현수와 많은 이야기를 나눴다. 이때 후속으로 발표될 곡들의 멜로디를 들려주었다.

올리버는 매 곡마다 눈을 크게 떴다.

'To Jenny'를 처음 들었을 때의 전율이 계속해서 이어지는데 어찌 안 그렇겠는가!

대여섯 곡쯤 들려주자 올리버는 바짝 당겨 앉았다. 지극히 관심 있다는 무언의 메시지이다.

현수는 처음 두 곡은 자신이 1인 5역을 하며 노래를 불렀지만 앞으로는 그럴 일이 없을 것이라고 못 박았다.

이유는 사생활 공개가 싫어서라고 하였다. 극성스런 팬들이 어떤지 잘 알기에 올리버는 고개를 끄덕였다.

현수는 자기 대신 Y—엔터의 '다이안'이라는 그룹을 통해 발표할 것이라고 이야기했다.

처음엔 한국에 많고 많은 신인 아이돌 그룹 이야기를 하는 줄 알았다. 그런데 다이안 멤버 모두 24세라는 이야기를 듣고는 고개를 갸우뚱했다.

한국에 온 김에 소속 가수 싸이와 관계자들을 통해 연예계 정황을 알아본 바 있다.

그러곤 '아이돌 전성시대' 라는 결론을 내렸다.

2015년에 데뷔한 걸그룹 '여자친구' 는 평균 연령이 18.1세였고, '트와이스' 는 18세, '에이프릴' 은 17.5세였다.

점점 더 데뷔 연령이 낮아지는 추세이다.

2010년엔 평균 연령 15세에 불과한 걸그룹 'GP Basic'이 데뷔했다. 초등학교 6학년 한 명과 중학교 2학년 다섯 명으로 구성된 6인조 걸그룹이다. 놔두면 열 살에 데뷔하는 그룹이 생길 수도 있겠다고 생각했다.

'다이안' 은 여기에 비하면 엄청 고령(高齡)이다.

데뷔 후 몰락했다가 다시 나오는 거라 이미 신선함을 잃었고, 풋풋함 또한 사라졌다.

하여 우려를 표하니 현수는 이렇게 대답했다.

"다이안 멤버들은 모두 빼어난 미모와 몸매, 그리고 출중한 댄스 실력을 갖추고 있습니다."

"당연히 그렇겠죠."

올리버는 순순히 고개를 끄덕였다. 한국에서 아이돌 그룹이 어떻게 만들어지는지 들은 바 있기 때문이다.

"그 외의 강점도 있어요."

"그게… 뭐죠?"

올리버는 뭐가 또 있을까 싶은 표정이다.

"뛰어난 가창력입니다."

"가창력이요?"

올리버는 그건 기본이라는 표정으로 반문했다.

"저는 다이안이 제 노래를 가장 잘 소화해 낼 능력이 있다고 생각하고 있습니다."

작곡가가 인정했다.

'자, 이제 어쩌려느냐?' 는 표정으로 바라본다.

잠시 침묵이 흘렀으나 그 시간은 그리 길지 않았다.

"……좋아요! 다이안이 미스터 킴의 노래를 부른다면 우리가 음반을 내지요. 계약하게 해줄 거죠?"

"그럼요! 잊었어요, 내가 Y—엔터의 사장이라는 걸?"

"그럼요, 그럼요! 하하하! 심하게 안심이 됩니다."

올리버는 사람 좋은 웃음을 지었다.

조금 더 늙고 살만 조금 더 찌면 산타클로즈 복장이 아주 잘 어울릴 얼굴과 체형이다. 눈빛은 지금도 합격이다.

"참, 앞으로는 한국어와 영어 두 가지만 했으면 싶어요."

어찌 무슨 말인지 모르겠는가!

12개 언어로 음반을 내는 건 보통 일이 아니다.

각각의 언어가 가진 뉘앙스까지 모두 살려야 하는데 가수는 물론이고 프로듀서까지 그 언어에 정통하지 않으면 거의 불가능에 가깝다.

그리고 번거롭기도 하고 비용도 많이 든다.

사실 현수니까 가능한 일이었다. 하지만 다이안은 아니다. 영어까지는 어떻게 커버할 수 있겠으나 나머지는 아니다.

노력하는 시간과 정비례한 실력 향상을 기대하기 어려울 정도로 바빠질 것이기 때문이다.

"좋아요. 가급적 그렇게 할게요."

"그럼 합의한 겁니다."

"하하! 계약 조건이나 후하게 제시해 주십시오."

"물론입니다."

현수와 헤어진 후 호텔로 돌아간 올리버는 느긋하게 샤워를 하고 본사로 전화를 걸었다.

통화한 이는 '스쿠터 브라운(Scooter Braun)' 사장이다. 1981년생이니 35세이고 올리버와는 대학 동기이다.

다음이 그 통화 내용이다.

"이봐, 올리버, 너무 오래 한국에 머무는 거 아냐? 설마 거기에 살림을 차린 건 아니지?"

"뭐야? 날 어떻게 보고. 당연히 아니지."

"그래, 그렇겠지. 자넨 소문난 애처가이니. 참, 이혼했구나. 아무튼 왜 그렇게 오래 있어?"

"땅을 파면 다이아몬드가 세공되어 나오는 줄 알아?"

"아니, 그건 아니란 건 알지만 그래도 너무 오래 있잖아. 안 그래?"

"그럴 만하니까. 그나저나 자네 승인이 필요해."

"내 승인? 뭐지? 계약에 관한한 전권을 준 것으로 아네만. 자넨 우리 회사 계약 담당 수석매니저라고."

"알아. 그래서 전할 말이 있네."

"뭐지?"

"한국에 '다이안' 이라는 걸그룹이 있었네."

"있었네… 라면 과거인가?"

사업을 운영하는 사람답게 아주 예리하다.

"한번 망한 걸그룹이래. 근데 하인스 킴 이 친구가 바하마에 Y-엔터라는 회사를 설립했어."

"뭔 소리야? 갑자기 바하마는 또 뭐고? 그 친구, 남아공 사람이라며?"

"그래. 근데 바하마에 Y-엔터를 설립했어. 그리고 한국엔 지사를 낸대."

바하마가 조세피난처라는 걸 웬만한 사업가는 다 알고 있다. 그리고 세금 내기 좋아하는 사람은 아무도 없다.

그렇기에 전후 상황을 대번에 짐작한 스쿠터 브라운은 바로 본론으로 들어갔다.

"그래? 그래서? 뭐 문제 있어?"

"이 친구가 자기는 사생활이 더 중요하대."

"……!"

스쿠터 브라운은 현수가 어찌 생겼는지 알고 있다. 계약서 작성 직후 화상통화를 했다.

전혀 알려지지 않은 무명임에도 계약금으로 500만 달러나 쏴야 하니 얼굴을 보여 달라고 했다.

남아공 사람이라고 하는데 전형적인 동양인 모습이고 오관이 반듯했다. 영어도 아주 매끄럽게 구사했다.

곡이 워낙 좋으니 나서기만 하면 대번에 이목을 끌어줄 만한 마스크라 생각했다.

그리고 적어도 아시아는 씹어 먹을 것이라 평가했다. 단 한 번의 통화로 스타성을 인정한 것이다.

그런데 사생활 운운한 걸 보면 사람들 앞에 나서지 않겠다는 뜻이다. 조심조심 공들여서 고대 유물을 캤는데 가장 아래쪽에 흠집이 있는 느낌이다.

"대신 다이안이라는 걸그룹을 내세우겠다?"

"그래. 자기 곡을 가장 잘 소화해 낼 멤버들이래."

"좋아, 그 여자들은 봤어?"

"누구? 다이안 멤버들? 아직."

"누군지도 모르면서 나더러 어쩌라고?"

"느낌이 좋아서."

"느낌?"

"왠지 다이안이 대박을 터뜨릴 것 같아."

"대박 좋지!"

사업가로서 당연한 반응이다.

"계약금으로 500만 달러를 줄 생각이네."

"응? 완전 듣보잡이고 한번 망해먹은 그룹인데?"

말도 안 되는 계약금이라는 뉘앙스다.

"그렇긴 해도 한국을 제외한 전 세계 음반 판권 및 매니지먼트 관련 계약이네."

이는 조연 대표에게 과중한 짐을 지우지 않기 위한 현수의 배려이다. 아울러 Y─엔터의 몸집을 과하게 키우지 않겠다는 의도이기도 했다.

본인이 잘 알고 지내던 사람들이 고난의 구렁텅이로 떨어지는 것을 볼 수 없어서 만든 회사가 'Y─엔터'이다.

돈을 대서 회사를 설립하고 곡을 주는 것까지는 하겠지만 더 관여하여 뭔가 해보겠다는 의도는 전혀 없다.

그래서 아일랜드 데프 잼 레코딩스에게 해외 판권 전부를 일임하는 계약을 제시한 것이다.

"호오! 그건 마음에 드는군."

스쿠터 브라운의 반응이다. 막대한 수입이 예상되니 당연한 일이다.

"그리고 하인스 킴의 노래 몇 개를 더 들어보았네."

"오! 곡이 더 있어? 얼마나? 어땠나?"

대번에 반응하는 걸 보면 관심이 있다는 뜻이다.

"들어본 건 일단 여덟 곡이야. 전부 처음 곡 못지않았어. 그래서 두 곡씩 음반을 내자고 제안할 생각이야."

"왜?"

"한 음반에 담기엔 곡들이 너무 좋아서 그러지. 몽땅 다 타이틀곡 수준이었어."

전문가 중의 전문가 의견이다.

스쿠터 브라운이 올리버 캔델에게 같이 일하자고 제의한 이유 중 하나가 탁월한 안목이다. 올리버가 아니라고 하면 안 되었고 된다고 한 건 다 떴다.

뭔 말이 더 필요하겠는가! 그래도 확인은 해야 한다.

"그래? 어느 정도인데?"

"첫 곡은 비틀즈의 그 어떤 곡보다도 짜릿했어."

"오! 그래? 두 번째 곡은?"

"마이클 잭슨의 '빌리 진'을 능가할 거 같아."

"그래? 세 번째는?"

"셋째는 아바, 넷째는 에릭 클랩튼, 다섯째는 사이먼 앤 가펑클, 여섯째는 스모키, 일곱째는 그룹 시카고, 여덟째는 엘튼 존을 능가했어."

"저, 정말?"

스쿠터 브라운의 음성이 떨리고 있었다. 흥분한 것이다.

　　　　*　　　　　　*　　　　　　*

"내 이름을 걸지. 이건 분명해!"

"와아! 정말 그 정도야? 그토록 자신 있으면 1,000만 달러까지 쏴. 대신……."

스쿠터 브라운은 친구이지만 사업가이기도 하다. 돈 이야기가 나왔는데 어찌 무슨 뜻인지 모르겠는가!

"그럼 계약금을 1,000만으로 올리고 계약 기간은 조금 더 늘려야겠군."

"네 뜻대로 해. 그리고 거기 더 머물러야 한다면 그렇게 하고, 우리가 도와줄 수 있는 건 최대한 도와줘."

후속곡이 줄줄이 있다고 하니 사업가인 스쿠터 브라운은 무장이 완전히 해제된 느낌이다.

"그러지. 알았네."

"참, 자네 비서 보내줄까?"

"제인 해딩턴? 아니, 아직은 아냐."

"아직이라니? 그럼 언제 보내라는 거야?"

"조만간 우리도 여기에 지사를 내야 할 것 같아."

"오, 알았어. 네 의견이 그러하다면."

통화를 마친 올리버는 몹시 기분이 좋았다. 하여 냉장고 속의 시원한 맥주로 축배를 들었다.

그러면서 앨범을 발표할 때마다 빌보드 차트에 '다이안'의 이름이 오르는 것을 상상했다.

이때까지만 해도 올리버는 다이안의 앨범이 112집까지 나갈 것이곤 상상도 못했다.

아울러 발표된 곡 모두 최소 2주 이상 빌보드 차트 1위에 오르게 될 것 또한 상상하지 못했다.

그리고 첫 곡 'To Jenny'가 발표 7일 만에 1위 자리에 올라가 한동안 내려오지 않을 것도 생각지 못했다.

불같은 인기로 전 세계를 들었다 놓은 싸이의 강남스타일도 못해본 일이기 때문이다.

이러는 동안에도 유튜브에 올린 동영상 24개의 조회 수는 끝없이 오르고 있었다. 2개의 곡이고 각각 12개의 언어로 불렀으니 24개가 맞다.

이것들의 공통점은 신속한 조회 수 상승과 수없이 많은 댓글이 달리고 있다는 것이다.

아울러 찬사 일색이다. 음색, 창법, 연주, 멜로디, 가사 등 모든 것에 대한 칭찬이 무수히 달리고 있다.

'지현에게'와 '첫 만남'은 아르센식 화성으로 만들어진 곡이다. 하여 듣는 것만으로도 힐링(healing)이 된다.

이 곡에 마나까지 실어 부른 노래를 들으면 눈에 뜨이는 치유 효과가 나타난다.

말기 암이나 심각한 외상까지 완치되는 정도는 아니지만

증상이 완화되고 류머티스성 관절염이나 퇴행성관절염 등 만성질환의 경우는 확실히 개선된다.

그렇기에 짧고 강렬한 멜로디가 반복되는 후크송도 아니면서 강력한 중독성을 갖게 된다.

들으면 들을수록 마음이 편해지고, 피로가 풀리며, 근심 걱정이 사라지며, 기분이 좋아지니 당연한 일이다. 반복해서 들을 경우는 느리지만 치유 효과를 볼 수 있다.

어쨌거나 조회 수는 계속해서 급등하고 있다.

유튜브에서 Heins Kim에게 정산해 줘야 할 금액도 점점 더 많아지고 있는 것이다.

"잘 부탁드립니다, 지사장님!"

"…오히려 제가 잘 부탁드립니다."

조연은 올리버와 악수를 하며 환히 웃었다.

"자자, 일단 자리에 앉으세요."

"하하! 네."

셋 모두 자리에 앉았다.

"하아! 제가 살면서 아일랜드 데프 잼 레코딩스 계약 담당 수석매니저님을 뵐 거라곤 상상도 못했습니다."

조연 대표의 얼굴은 벌겋게 상기되어 있다. 몹시 흥분한 상태인 것이다.

올리버와 동석했다는 것만으로도 연예계 인사들의 주목을

받을 일이니 어찌 보면 당연하다.

입을 먼저 연 것은 올리버 캔델이다.

"나는 다이안이라는 그룹이 몹시 기대됩니다."

"물론입니다. 기대대로 잘해낼 겁니다."

현수의 대꾸를 들은 올리버가 조연에게 시선을 준다. 한국 지사장이니 이제 실무를 의논하자는 뜻이다.

"조 지사장님, 우리 아일랜드 데프 잼 레코딩스는 Y—엔터 한국지사 소속 다이안과 계약을 맺고 싶습니다."

"……!"

현수로부터 듣기는 했지만 올리버로부터 계약 이야기를 직접 듣는 순간 조연 대표는 전율을 느꼈다.

그와 동시에 섬전처럼 스치는 상념이 있다.

'됐다! 다이안은 뜬다! 꼭 뜬다! 세상에! 맙소사!'

계약서에 사인이 되면 그것만으로도 엄청난 이슈가 된다.

2015년 음반 판매 1위는 EXO의 '엑소더스'이다. 한국어 버전과 지나어 버전을 합쳐 76만 176장이 팔렸다.

계약 소식이 알려지면 다이안의 음반은 국내에서만 100만 장 정도가 팔릴 것이다. '힐링 효과'가 있음이 알려지면 1,000만 장도 불가능하지 않을 것이다.

이제 대중들의 호기심을 충족시켜 줘야 할 의무가 있는 기자들의 스포트라이트를 한 몸에 받을 일만 남았다.

"저희가 원하는 건 한국을 제외한 전 세계 음반 판권 및 매니지먼트 관련 계약입니다."

"네? 그건⋯⋯."

해외 판권을 다 준다는 건 이익이 줄어듦을 의미한다. 하여 뭐라고 이의를 제기하려는데 올리버의 말이 이어진다.

"다이안이 빌보드 차트 10위 안에 오르면 3개월 안에 라스베이거스 'MGM 그랜드 가든 아레나'에서 단독 콘서트를 갖게 될 겁니다."

"⋯⋯!"

MGM 그랜드 가든 아레나는 1만 7,157명을 수용할 수 있는 대형 경기 시설이다. 라스베이거스에서 가장 많은 공연과 스포츠 이벤트가 펼쳐지는 중심지이기도 하다.

라스베이거스 3대 쇼 중 두 개인 KA Show[12]와 데이비드 카퍼필드 마술쇼가 이곳에서 공연된다.

메이웨더와 파퀴아오의 복싱 대결이 여기서 개최되었다.

조 지사장은 전율을 느끼는지 부르르 떤다. 생각만으로도 짜릿한 것이다.

"아울러 전미 순회공연 공연 또한 하게 될 겁니다."

"저, 정말이요?"

조 지사장은 저도 모르게 말을 더듬고 있었다.

"당연하죠. 그러니 다이안 10집 음반까지 계약합시다. 계약

---

12) KA Show : 라스베이거스 3대 쇼 중 하나로 태양의 서커스 팀의 4번째 쇼. 동양적 요소가 많은 파워풀한 느낌으로 어느 쌍둥이 남매의 모험을 영웅적인 이야기로 표현한 쇼

금으로 1,000만 달러를 내겠소."

"네?"

조연이 놀란 표정을 지을 때 올리버의 말이 이어진다.

"수익률 배분은 Y-엔터 6, 아일랜드 데프 잼 레코딩스 4로 합시다. 홍보 및 이벤트 비용은 우리가 부담하겠소."

"네?"

또 놀란 표정이다. 이 정도면 톱스타에 준하는 조건이니 당연한 일이다. 그러거나 말거나 올리버는 또 말한다.

"한 음반당 두 곡씩 수록하는 걸로 하죠."

"두 곡씩이면 이십 곡이나요?"

조 지사장은 현수를 바라보았다. 곡 줄 사람이기 때문이다.

"……좋습니다. 그렇게 하시죠."

현수가 흔쾌히 고개를 끄덕이자 둘의 눈이 대번에 커진다. '정말 가능하느냐'는 뜻이다.

"미스터 킴, 정말이죠?"

올리버 캔델이 반색하며 다가앉는다.

황금 알을 낳는 거위가 계속해서 알을 낳을 수 있다는 말을 한 것과 다름없으니 당연한 일이다.

"근데 20집까지 계약한다면 계약금은 얼마나 줄 건지요?"

"네? 20집이요?"

올리버와 조 지사장 모두 깜짝 놀라는 표정이다. 진심이냐는 뜻이다. 이때 현수의 입이 열린다.

"10집에 1,000만이었으니 20집에 2,000만, 아니, 3,000만 달러 어떻습니까?"

"삼, 삼천만 달러요?"

조 지사장이 화들짝 놀라는 표정을 짓는다.

어제까지만 해도 30만 달러도 안 되는 빚 때문에 전전긍긍하였고, 몸 고생, 마음고생을 심하게 겪었다.

그런데 계약서에 사인만 하면 무려 363억 6,000만 원이 송금된다. 어찌 놀라지 않겠는가!

언급된 것만으로도 대경실색이다.

이때 더 놀라운 소리가 있었다.

"… 20집 3,000만 달러, 콜입니다! 당장 계약합시다!"

"네?"

털썩―!

화들짝 놀라 자리에서 일어서려던 조 지사장은 순간적으로 다리의 힘이 빠져 다시 주저앉았다.

이때 현수의 음성이 있었다.

"좋습니다. 20집! 합시다. 지사장님, 계약하죠."

"네? 아, 알았습니다."

조연은 저도 모르게 벌떡 일어났다.

계약서와 인감을 챙기기 위함이다. 그런데 이곳은 사무실이 아니라 커피숍이다. 계약서 같은 서류가 있을 리 없다.

그리고 계약서는 Y-엔터가 준비할 게 아니다. 계약금을 지불할 아일랜드 데프 잼 레코딩스가 할 일이다.

"그럼 계약은 언제……?"

올리버의 물음에 현수는 조연을 바라보았다.

"지사장님, 사무실 마련하고 법인 설립 마칠 때까지 얼마나 걸릴까요?"

한국말이다.

"사흘, 사흘이면 됩니다."

건물 매입은 돈만 지불하면 하루 만에 명의 변경이 가능하다. 법인 설립도 법무사에게 의뢰하면 바로 된다.

모든 자본을 현수가 투자하므로 '1인 법인'이 되는데 대표 이사 이외에 지분이 없는 감사, 또는 이사가 있어야 한다.

이사는 조연, 감사는 다이안 멤버들에게 맡기면 된다.

그럼에도 사흘을 이야기한 건 다이안 멤버 모두 소속시켜 야 하는 절차가 남아 있기 때문이다.

조 지사장과 대화를 마친 현수는 올리버에게 시선을 주었다.

"미스터 캔델, Y—엔터 한국지사 법인 설립 절차가 사흘 걸 린답니다. 그 후에 계약합시다."

"좋습니다. 연락을 기다리지요."

현수와 올리버가 환히 웃으며 악수를 할 때 조연 지사장은 멍한 표정으로 둘을 바라보았다. 엄청나게 큰 계약이 확정되 었는데 실감나지 않아서이다.

      *   *   *

올리버는 호텔로 돌아가는 택시 안에서 스쿠터 브라운과 통화했다.

"친구, 계약을 확정 지었네."

"오, 그래? 계약 조건은? 말한 대로야?"

스쿠터 브라운은 인기 절정일 때의 마이클 잭슨, 또는 비틀즈와 계약한 것처럼 반색했다.

지난 며칠 동안 현수가 부른 '지현에게'와 '첫 만남'을 들으며 수없이 감탄한 결과이다.

"아니. 두 곡씩 수록하는 음반 20집을 내기로 했어. 계약금은 3,000달러이네. 전화만 하면 바로 송금해야 해."

"휘유! 20집에 3,000만 달러? 알았어. 준비하지."

비틀즈는 1963년부터 1970년까지 8년 동안 열두 장의 음반을 발매했다.

산술적으로 계산해 보면 8개월에 한 장씩 발표한 셈이다. 같은 방식이라면 20집을 내는 데 13년 4개월이 넘게 걸린다.

24살짜리 아가씨들이 38살이 될 때까지이니 이 정도면 종신 계약이나 마찬가지이다.

하여 희희낙락하며 웃음 짓고 있다.

"그래, 계약 기간이 좀 길겠지?"

"흐흐흐! 그러네. 잘했어, 친구!"

스쿠터 브라운 역시 기분이 좋은 듯 웃음 짓는다.

비틀즈나 마이클 잭슨보다도 뛰어난 아티스트를 장기적으로 독점할 수 있게 되었으니 어찌 기분이 나쁘겠는가!

그런데 이들이 모르는 게 있었다.

이전의 다이안은 2개월마다 음반을 냈다. 따라서 20집이래 봤자 3년 하고 4개월이면 땡이다.

그런데 이번엔 약간 다르다.

이전엔 과도한 피로 때문에 간혹 멤버들이 쓰러지는 일이 있었다. 바디 리프레쉬 마법진이 그려진 반지를 주었지만 끼지 않아서 벌어진 일이다.

곡마다 분위기가 다르기에 의상이나 화장술도 바뀌어야 한다. 예를 들어 발라드는 그에 맞는 의상을, 탱고면 그에 걸맞은 화장을 하게 된다.

이때 의상과 구두, 헤어스타일, 화장술은 물론이고 액세서리(accessory)인 반지나 목걸이 등도 바뀐다는 걸 현수가 몰라서 일어난 일이다.

하여 이번엔 매 4개월마다 음반을 내는 것으로 계획하고 있다. 3개월 활동하고 한 달간 휴식기를 주기 위함이다.

그렇게 112집까지 내려면 448개월이 걸린다.

무려 38년이다. 현재 24세인 멤버들이 환갑 너머까지 계속해서 신곡을 발표하게 된다는 뜻이다.

올리버가 호텔로 간 후 현수는 조연 지사장과 더불어 이후의 일을 의논했다.

가장 시급한 건 서연과 세란 등 멤버들을 다시 불러 모으는 일이다. 이는 연락처를 아는 조 지사장이 맡기로 했다.

문제는 세란과 연진 등 멤버들이 연예계에 회의를 품고 있다는 것이다.

가족들 역시 사랑하는 딸이 누군가에게 바쳐지는 성상납의 도구가 될 뻔했다는 사실을 확실하게 인식하고 있었다.

Chapter 12

—

엥? 그게 진짜예요?

연일 'DK 엔터테인먼트'와 '연예기획사 C&R'에 관한 기사가 쏟아져 나오니 모르고 싶어도 모를 수 없는 상황이다.

동시에 여러 심층 취재 기사들이 대중의 관심을 받았다.

기다렸다는 듯 연예계의 추악한 면모를 낱낱이 파헤쳐 놓은 것들이다.

시범 케이스가 된 두 연예기획사뿐만 아니라 다른 기획사들도 구설수에 올라 곤욕을 치르는 중이다.

이들로부터 금품을 수수하거나 성상납을 받은 자들은 검찰 소환을 앞두고 전전긍긍하고 있다.

어떻게든 연줄을 잡아 살아남고 싶겠으나 이번엔 힘들 것이다. 도로시가 지속적으로 보도 자료를 제공하여 국민들의 관심이 꺼지지 않게 할 것이기 때문이다.

어쨌거나 다이안 멤버들은 조연 지사장의 애를 태운다.

쫄딱 망해 빚쟁이 신세이던 사람이 다시 일을 하자고 불러 모으니 의아해하지 않으면 이상할 것이다.

혹시라도 자신들을 어디다 팔아먹으려는 것은 아닌가 하는 의구심 때문에 계약을 망설인다.

마음이 급해진 조연은 현수에게 SOS를 보냈다.

                    *   *   *

히야신스의 영업이 끝난 아주 늦은 밤.

샐러드 바로 방향 전환하라는 현수의 조언은 히야신스를 극적으로 살려놓았다.

2월의 어느 날엔 단 두 명의 손님만 받은 날도 있었다. 현수가 갓 취업했을 때의 일이다.

한 달쯤 지난 오늘은 오전 11시 06분에 첫 손님이 들어왔고, 10시 13분에 마지막 손님이 갔다. 무려 387명이다.

손님 수가 늘어 몸은 바빠졌지만 모두의 마음은 편해졌다.

사장은 마이너스이던 수익이 플러스로 돌아서서 기분이 좋고, 주방장은 '장사가 안 되니 그만두라'는 말을 들을까 마음 졸이지 않아서 좋았다.

손님을 맞이하고, 서빙하며, 식사를 마친 테이블을 치우고, 수시로 호출하는 손님들의 여러 요구를 들어주느라 가장 바쁜 현수 역시 행복했다.

몸은 몹시 피로하지만 정말 평범한 삶을 경험하고 있기 때문이다. 이만하면 아주 성공적인 유희라 생각하고 있다.

어쨌거나 오늘의 영업은 끝났다.

온종일 북적이던 홀은 조용해졌고, 강 사장과 신 쉐프, 그리고 최근 채용한 주방보조는 퇴근했다.

주방 옆 골방이 거처인 현수는 청소와 정리, 그리고 시건장치 확인 임무가 더 있다. 이게 끝나면 화장실 청소를 하면서 샤워를 하고 잠자리에 든다.

오늘은 다른 날보다 훨씬 너저분했다. 손님이 많아서가 아니라 유난히 어지럽히는 사람들이 많아서이다.

하여 정리와 청소에 예상보다 훨씬 긴 시간이 걸렸다.

그리고 지금은 밤 11시 37분이다. 평상시보다 50분쯤 더 걸린 것이다.

홀 바닥을 닦는 데 사용한 대걸레의 물기를 짠 뒤 비품함에 넣은 현수는 홀 안쪽에 마련되어 있는 룸으로 향했다.

이곳에서 조연과 다이안 멤버들이 기다리고 있다.

만나기로 한 시간은 11시 30분이다.

이때쯤이면 정리정돈 및 청소와 샤워까지 모두 마칠 시간이라 그렇게 정했다. 그런데 너무 일찍 당도하였다.

딴에는 약속 시간에 늦지 않으려는 의도가 있던 듯하다.

한참 걸레질을 하던 때라 당황스러웠지만 어쩌겠는가!

아직 일이 안 끝났으니 조금만 기다리라 하였다.

이곳으로 오라고 한 이유는 인근 커피숍에선 편하게 이야기할 수 없을 것 같아서이다.

다이안은 멤버 모두 용모가 빼어난 연예인이기에 사람들의 이목을 끌게 될 것이고, 그러면 차분한 대화가 어렵다.

딸깍—!

문이 열리자 모두의 시선이 쏠린다.

"반갑습니다, 여러분!"

현수는 가볍게 고개를 숙여 인사하였다. 서연 등은 처음 보는 얼굴이지만 현수에겐 아주 눈에 익은 모습이다.

이들의 이전 삶에선 아주 스스럼없이 지낸 사이지만 처음부터 티를 낼 수는 없었다.

"아, 사장님!"

"……!"

조금 전까지 홀에서 걸레질을 하던 웨이터가 들어왔는데 조연 대표가 벌떡 일어나 정중히 고개 숙인다.

오늘 만나기로 한 장본인이라는 뜻이다.

세란, 연진, 서연, 정민, 예린은 현수가 등지고 있는 출구로 시선을 주었다. 심리적으로 몹시 불안해졌으며, 여차하면 도망가야 할지도 모르는 상황이라 생각한 것이다.

케이원 엔터의 조 대표는 완전히 망했다.

그것도 아주 폭삭 망해서 집을 팔고 차를 팔아도 다 갚지 못할 정도로 큰 빚이 있다고 했다.

연예계에 퍼져 있는 소문에 의하면 빚쟁이들을 피해 멀고 먼 지방으로 도주한 상태이다.

그리고 자신이 처한 곤경으로부터 벗어날 수만 있으면 누구든 물귀신처럼 잡고 늘어질 상황이라 하였다.

이쯤 되면 만남 자체를 꺼려야 한다.

하지만 다이안 멤버들은 그래도 자신들을 아껴주고 배려해 주던 사람이라 조 대표를 만났다.

그런데 믿지 못할 이야기를 한다.

유튜브를 뜨겁게 달구고 있는 '지현에게'와 '첫 만남'을 작사, 작곡하고 노래까지 부른 사람을 잘 알고 있다는 것이다.

그러면서 이곳으로 오면 직접 만날 수 있으며, 그로부터 곡을 받으면 재기할 수 있을 것이라 하였다.

믿지 못할 이야기이지만 '썩은 지푸라기라도 잡아야 하는 상황'이기에 미친 척하고 이곳까지 따라온 것이다.

현재 두 기획사로부터 시작된 성추문 파문이 연예계를 강타하고 있는 상황이다.

그럼에도 방송사의 촉각은 다른 곳으로 향하고 있었다.

국적, 나이, 용모 등 모든 것이 베일에 싸인 하인스 킴을 인터뷰하거나 방송에 내보낼 수만 있다면 시청률이 수직 상승할 것이기 때문이다.

성추문 파문은 누구나 보도하는 것이지만 하인스 킴을 방송에 내보내는 것은 단독이니 당연한 일이다.

하여 모든 정보망을 동원하여 하인스 킴이 누구인지 추적하는 중이다. 물론 아무런 단서도 찾지 못한 상태이다.

이런 걸 보면 올리버 캔델은 정말 대단한 능력자다.

어쨌거나 하인스 킴을 직접 대면케 해준다 하였기에 혹시나 하는 마음에 이 자리에 왔다. 진짜라면 당사자로부터 진짜 곡을 줄 건지 물어나 보자는 의도이다.

서연 등은 자신이 어떤 평가를 받는지 잘 알고 있다.

이번에 검찰에 넘겨진 'DK 엔터테인먼트'와 '연예기획사 C&R' 대표들의 비망록 등에 의하면 서연은 최고 등급인 SSS급으로 평가되어 있다.

이전의 삶에선 세계 3위, 프랑스 1위인 컨테이너 해운사 CMA 오머런의 부회장 세바스티앙이 서연을 어쩌지 못해 상사병으로 몸살을 앓았다.

세란, 예린, 정민은 SS급으로 분류되어 있다.

이들 넷은 한창 물이 오른 나이이고, 빼어난 미모와 육감적인 몸매를 가졌다. 그리고 데뷔곡이 히트하면서 널리 알려진 상태인지라 최상위 등급이 된 것이다.

연진은 매겨진 등급이 없는데 그 이유는 자신들이 컨트롤

할 수 없는 상황이기 때문이다. 굳이 매긴다면 SS급이다.

연일 폭로되는 연예계 추문에 의하면 SSS급은 대여섯뿐이다. 배우 두셋, 탤런트 둘, 그리고 가수 하나이다.

서연이 가수 중엔 톱이라는 뜻이다.

SS급도 다 해봐야 이십여 명 안짝이다.

다시 말해 다이안 멤버들은 최상위 25위 안에 든다.

딱 망해 버렸으면 좋을 어떤 황색 지라시에 소속된 기레기가 연예인 하룻밤 화대를 추정해 놓은 기사를 써 갈겼다.

연예인 지망생, 예술대학 재학생과의 만남은 1회 평균 가격이 70~80만 원 선이다.

단순한 데이트가 아니라 하룻밤의 인연까지 포함된 가격이다.

이 중에서도 나이가 어리거나 대형기획사 소속 연습생은 100~150만 원이다.

이 밖에 C급 200~300만 원, B급 400~600만 원, A급은 800~1,000만 원이라고 써놓았다.

S급은 1,500~2,000만 원이고, SS급은 3,000~5,000만 원, SSS급은 1억 원 이상으로 값을 매겨놓았다.

그러면서 기획사 대표 중 어떤 놈이 성 매수자에게 3,500만 원을 화대로 받고 여성 연예인에게는 500만 원만 주는 파렴치한 행동을 했다고 보도했다.

그러니까 위에 언급된 금액은 연예인들에게 돌아가는 몫일 뿐 실제 화대는 이보다 훨씬 높다는 뜻이다.

그리고 그 차액은 포주 역할을 하는 나쁜 놈들이 착복하고 있음을 의미한다.

두 연예기획사 대표들은 간악하게도 경제적 어려움에 처한 여성 연예인들에게 돈을 빌려주고 이를 변제하는 조건으로 성매매를 알선했다.

서연은 조 대표에게 상당히 많은 빚이 있는 것만 알 뿐 차와 집을 처분하여 일부를 상환한 것은 모른다.

그리고 현수에게서 받은 계약금으로 나머지도 몽땅 변제하여 더 이상 빚쟁이가 아닌 것은 더더욱 모르는 상황이다.

어쨌거나 자신과 세란, 정민, 예린, 연진으로 하여금 성매매를 하게 하면 많은 돈을 벌 수 있을 것이다.

지라시의 기사대로라면 최소 2억 2,000만 원을 손에 넣게 된다. 조 대표는 상당히 큰돈을 거머쥐겠지만 자신들은 헤어날 수 없는 구렁텅이에 빠지는 일이다.

그렇기에 긴장된 눈빛으로 밖의 동정을 살피고 있다.

어쩌면 자신들을 납치할 누군가가 밖에서 대기하고 있을지도 모른다고 생각한 것이다.

깊은 밤이고 소리를 쳐도 밖에선 들리지 않을 룸에 들어와 있다. 어쩌면 오늘 험한 꼴을 당할 수도 있다는 생각이 들자 이를 악물고 조 대표를 바라보았다.

믿는 사람이지만 지금은 자신의 이익을 위해 멤버 전체를 오욕의 구렁텅이로 밀어버리는 악인처럼 보인다.

세란과 정민 등 다른 멤버들도 위화감을 느낀 듯 눈빛을 주고받는다. 여차하면 조연과 현수를 후려갈기고 튀자는 무언의 대화가 오갔다.

그러고 보니 조연 대표는 진짜 나쁜 놈이다.

조 대표는 조금 전까지 Y—엔터에 관한 이야기를 하였다.

영락없는 한국인의 모습을 한 Heins Kim이라는 남아공 사람이 만든 연예기획사이며, 자신은 한국지사장을 맡게 되었다고 설명했다.

그러면서 Y—엔터 본사가 위치한 야트막한 언덕 위의 멋진 저택과 부속 건물 사진을 보여주었다.

도로시가 이메일로 보내준 사진이다.

이곳에서 해변을 바라보고 찍은 풍광을 보여주며 잘되면 다 같이 놀러 가자고 하였다. 그러곤 한국지사로 쓸 건물도 매입했다면서 등기 서류를 보여주었다.

마포구 구수동에 소재한 5층 빌딩이다.

사진을 보니 지은 지 얼마 안 된 말끔한 건물이다.

1층엔 편의점과 분식집이 있다. 지층, 또는 2층엔 카페와 미용실을 들일 계획이라 하였다.

3, 4층을 사무실 및 연습실 등으로 쓰고, 5층은 멤버들이 머물 숙소로 개조하는 중이라고 하였다. 그러면서 신축 아파트에 준하는 인테리어가 될 것이니 기대하라고 말했다.

멤버들은 반색하며 각각에게 방 하나씩 주는 것이냐고 물었다.

서연의 전 소속사가 제공한 숙소는 30년이 넘은 낡은 빌라의 지층이었다. 허름하고 바퀴벌레 등이 기어 다녔다.

가끔은 쥐도 출몰했다. 아울러 자주 문제가 발생했다.

비가 오면 물이 들이친다던지, 위층 수도관이 터져 천장에서 물이 떨어지는 등의 일이 일어나곤 했다.

그런데 새 아파트에 준한 인테리어라고 하니 당연히 흥미가 돋은 것이다.

"바닥 평수가 무려 오십사 평이다. 서연아, 너 살던 복지빌라가 몇 평이라고 했지?"

"열네 평쯤 된다고 들었어요."

"그래, 거기에 방이랑 거실 등이 어떻게 있었어?"

"방은 두 개구요, 거실과 주방, 그리고 화장실 하나씩이에요. 참, 빨래 너는 베란다도 하나 있어요. 근데 작아요."

"그래? 근데 거기에 몇 명이 있었니?"

"데뷔 준비하는 애들 다섯과 같이 있었어요."

"여섯이 열네 평이면 엄청 좁았겠구나."

"좁은 건 괜찮은데 화장실 때문에 매일 전쟁이었지요."

서연은 그때를 생각하면 지금도 진절머리가 난다는 듯 고개를 좌우로 흔들었다.

사람은 여섯인데 화장실이 하나라면 당연한 일이다.

"근데 54평이면 어떻게 될까?"

"아!"

서연은 좁아터진 곳에서 탁 트인 곳으로 나가는 상상을 했다. 속이 다 시원해진다.

"지금 방 여섯 개, 화장실 네 개로 꾸미는 중이야."

"어라! 근데 방이 여섯 개나 돼요? 우린 다섯 명인데."

연진의 물음이다.

"방 하나는 너희들 의상 집어넣을 옷방으로 쓸 거야. 화장실 중 하나는 커다란 스파 욕조가 들어갈 거구."

"정말요? 정말 큰 욕조가 들어가요?"

씻는 걸 좋아하는 정민이 반색하며 다가앉는다.

"그래. 내가 직접 골랐다. '5인용 제트스파'라는 건데 욕조 가격만 1,000만 원쯤 한다. 설치비는 별도지."

"헐!"

세란이 화들짝 놀란 표정을 짓는다. 욕조 가격이 생각보다 훨씬 비싼 때문이다.

"지금은 너희 다섯 명이 동시에 들어가 스파를 즐길 수 있도록 꾸미는 중이야. 나중에 봐."

"방은요? 방 크기는 다 같아요?"

세란의 물음이다. 참고로 차별 받는 것 싫어한다.

"내가 너희를 모를까 봐? 방 크기는 다 똑같아. 위치만 다를 뿐이지. 나중에 제비뽑기로 방 정해."

"헤헤! 네."

연진의 대답에 이어 가구에 관심이 많은 예린이 묻는다.

"가구는요? 화장대, 침대, 소파, 뭐 이런 거 다 있어요?"

"당연하지. 화장대와 침대는 너희가 직접 골라. 소파랑 텔레비전 등은 내가 고를게."

"텔레비전은 큰 걸로 부탁해요."

서연의 말이다. 자신들의 공연 모습을 모니터링하길 좋아한다. 실수한 것을 지적하려는 것이 아니다.

다음부터는 실수하지 않기 위함이다.

"LG전자에서 나온 65인치짜리로 이미 주문해 뒀다."

"에에? 65인치요?"

"그래. 화면 작다는 소리는 못하겠지?"

"와아! 너무 좋아요!"

서연과 세란 모두 환호성을 터뜨린다.

"근데 그거 엄청 비싼 거 아니에요?"

"당연히 비싸지. 그러니까 잘해야 해."

"그럼요, 그럼요! 당연히 그래야죠."

세란은 다른 걸그룹 멤버가 자기네 숙소에 47인치짜리 TV가 있다고 자랑했을 때 찍소리도 못했다.

TV는커녕 6년 된 중고 노트북이 전부였기 때문이다.

"냉장고 같은 것도 있어요?"

먹는 걸 밝히는 정민의 말이다.

"으이그, 먹보 아니라고 할까 봐."

"쳇! 지금은 아니라고요."

"냉장고도 엄청 큰 걸로 주문했다. 너희들 다 먹보잖아."

"어머! 먹보라뇨? 누가요?"

멤버들은 서로가 서로를 바라보며 다들 나는 아니라는 새침한 표정을 짓는다.

"설마 내가 모를 줄 알아?"

"쳇! 아니라니까요. 이제 줄였어요."

정민의 말은 사실이다. 예전에 비해 먹는 양이 현저히 줄었다. 소속사이던 '연예기획사 C&R'에서 식비를 줄인 결과이다. 다시 말해 돈이 없어서 못 먹고 있었다.

"각자의 방에도 냉장고 하나씩 넣어줄까?"

"네에? 정말… 요?"

서연, 세란, 정민, 예린, 연진의 시선이 동시에 꽂힌다. 그 거짓말, 참말이냐는 눈빛이다. 꿈같은 이야기이기 때문이다.

"에고, 내가 주문한 냉장고는 가정용이 아닌 업소용이야. 무려 천육백십 리터짜리라고!"

"처, 천육백십 리터라구요? 우와, 엄청 큰 거네요!"

"그래, 정민이가 뭘 좀 아네. 일반 가정용에서 쓰는 양문형 냉장고가 800~900리터 정도야."

"그래요?"

일반인이 어찌 냉장고의 용적을 알겠는가! 하여 정민을 제외한 나머지는 그런가 하는 표정을 지을 뿐이다.

"근데 천육백십 리터면 엄청 큰 거지. 냉장실이 네 칸, 냉동실은 두 칸짜리야. 그런데도 냉장고가 또 필요해?"

"아, 아니요."

아주 큰 냉장고를 상상한 정민 등은 슬그머니 물러앉았다.

"1층에 편의점이 있으니까 너희들 좋아하는 아이스크림 같은 건 굳이 냉장고에 보관하지 않아도 돼. 알았어?"

"아, 그렇구나."

"1층에 분식집도 있다고 했지?"

"네!"

"거기 김떡순 외에 만두와 쫄면, 그리고 냉면과 김치볶음밥도 판다. 참, 돈가스도 있어. 먹어보니까 맛있더라."

"쩝!"

다들 입맛을 다신다. 메뉴를 듣는 것만으로도 입안 가득 군침이 도는 모양이다.

"걸그룹이니 다이어트는 당연하지만 아예 굶길 생각은 없다는 것만 알아둬."

"네!"

멤버들은 진심을 담아 소리쳤다. 듣던 중 반가운 소리라는 뜻이다.

"2층에 미용실과 카페 입점시키려는 것도 다 너희들을 배려해서야. 예린이 너, 바닐라 라떼 좋아하지? 정민이는 녹차

라떼, 세란인 카라멜 마키야또, 서연인 카페 모카, 연진인 화이트 초코 카페 모카 광이구. 안 그래?"

"……!"

멤버들은 자신의 기호를 정확히 기억하는 조 대표를 새삼스런 눈으로 바라보았다.

"너희 진짜 땡잡은 거야. 사장님은 말이지……."

조연 대표가 말을 이으려 할 때 룸의 손잡이가 돌아갔다.

딸깍—!

문이 열리고 현수가 들어서자 모두의 시선이 쏠린다.

"반갑습니다, 여러분!"

이 가게 웨이터가 가볍게 고개를 숙여 인사한다.

"아! 사장님!"

조연 대표는 조금 전까지 홀 바닥을 걸레질하던 웨이터에게 정중히 고개를 숙여 예를 갖춘다.

"……!"

순간적으로 멤버들의 표정이 싸늘히 굳었다.

뭔가 잘못되었다고 느낀 것이다. 그러면서 지금까지 한 말 모두 자신들을 현혹시키려는 거짓말이었다고 생각했다.

심한 배신감에 부르르 떨 때 현수의 말이 있었다.

"오래 기다리게 해서 미안해요"

"아이고, 아닙니다."

조연 대표가 '별말씀 다 하신다' 는 표정을 짓자 모두의 시선이 쏠린다. 뭐가 어떻게 된 건지 설명하라는 뜻이다.

"참, 내 정신 좀 봐. 사장님, 소개하겠습니다. 이쪽은……."

조연 지사장의 말은 중간에 잘렸다.

"아, 설명 안 해주셔도 됩니다. 다 아니까요."

죽었다가 다시 태어난 것이 아니므로 전생이라는 표현은 좀 그렇지만 어쨌든 전생 비슷한 시절에 많이 봤다.

이들은 은퇴할 때에도 60대 초반의 모습을 보였다.

그때 나이가 아흔 살이다. 다들 미용술과 화장술 덕분인 걸로 알지만 실제로는 현수 덕분이다.

은퇴 후 다이안 멤버들은 묘향산의 절경이 한눈에 보이는 이실리프 제국 황제별장에서 슈퍼 포션을 복용했다.

이때는 현수의 능력이 업그레이드된 후이다.

하여 25세 청년이 60대 초반으로 보이는 여성들을 홀딱 벗겨놓고 열흘이나 주물럭거려야 하는 단계가 필요 없었다.

덕분에 멤버 모두 젊음을 되찾았다. 25살쯤으로 바뀐 것이다. 수명도 150살로 늘었다.

이들은 황제의 별장에서 노년을 즐겼다.

20대 초반에 만났으니 130년 가까이 지근거리에 있던 여인들이다. 어찌 얼굴을 모르겠는가!

뿐만이 아니다. 현수는 이들의 성품, 기호, 취미, 식성, 말투, 호불호 등 거의 모든 것을 환히 꿰고 있다.

그래서 안다고 한 것이다. 그런데 다들 이 말을 곡해한 듯

싶다. 성매매 내지는 성상납의 대상으로 여겨 많은 조사를 해서 아는 것으로 착각한 것이다.

"자, 너희들에게 소개할게. 이분이 Y-엔터의 사장이신 Heins Kim 님이셔."

누가 봐도 완벽한 한국인이다. 한국어도 완벽하다.

25세 정도로 보이는데 얼굴은 잘생긴 편이다. 그런데 남아공 사람 하인스 킴이라고 한다.

어찌 믿어지겠는가! 하여 다들 말이 없다.

"……!"

"어허! 왜 인사를 안 해?"

조 지사장이 다이안 멤버들을 보며 살짝 언성을 높인다. 현수가 모욕당했다는 느낌을 받은 것이다.

"아, 안녕하세요?"

가장 먼저 입을 연 건 예린이다. 친화력이 좋다.

"네, 예린 씨. 반갑습니다."

현수가 정확히 이름을 대며 미소 짓자 살짝 놀란 표정이다. 웃는 얼굴이 상당히 매력적이라는 느낌을 받은 때문이다.

"저어, 진짜 남아프리카공화국 사람이세요?"

팀의 리더인 서연의 물음이다.

"이렇게 한국말도 잘하는데……."

현수는 주머니에 있던 여권을 꺼내 내밀었다. 마음껏 확인해 보라는 의미이다.

위조 여부를 판별할 능력이 없기에 이리저리 살펴보긴 하지만 진짜인지 확신하지 못하는 것 같다.

이때 현수의 입이 열린다.

"사실 나는 한국 사람이 맞아요."

"네?"

모두의 시선이 꽂힌다.

"근데 나라에서 인정해 주지 않네요. 나는……."

배를 타고 나갔다가 침몰하는 바람에 실종되었다는 이야기부터 시작하였다. 그러곤 남아공에서 기억을 잃은 채 공부한 이야기를 하였다.

"…그렇게 해서 귀국했는데 나라에서 신원 회복을 안 시켜 주니 어쩌겠습니까? 그래서 남아공 국적이 된 겁니다."

"정말… 이신가요?"

다들 믿기 어렵다는 표정이다.

"잠시만요."

양해를 구하고 밖으로 나온 현수는 숙소에서 서류를 챙겨와 보여주었다.

남아공의 행정수도에 위치한 프리토리아 의과대학 졸업장과 의사면허증 등이다.

"와아! 의사셨어요? 근데 왜 여기서……?"

의사는 상당히 인정받는 직업이다. 그런데 왜 이런 곳에서 웨이터 노릇을 하느냐는 의미일 것이다.

"외국 국적인데 당장 갈 데가 없으니 어쩌겠습니까? 여기 사장님이 내 사정을 듣고 이 안에 숙소를 마련해……."

웨이터 생활을 하던 중 유튜브에 노래를 올렸고, 아일랜드 데프 잼 레코딩스에서 사람이 찾아와 계약한 이야기를 하자 다들 놀란 표정이다.

그 계약금으로 Y─엔터를 설립했다는 이야기까지 하였다.

"그래서 제안 드립니다. 우리 회사로 오십시오. 제가 작사, 작곡한 노래를 다이안이 부르도록 하겠습니다."

"……!"

현수는 언변이 좋다.

그렇기에 긴 이야기를 하는 동안 멤버들 모두 일희일비하며 '어머나!', '어쩜 좋아!', '으으, 세상에!', '진짜 나빴다!', '와! 잘 됐어요!', '정말요?' 같은 반응을 보였다.

그런데 대답이 없다. 환상 속에 빠져 있다 현실로 되돌아온 느낌 때문일 것이다.

가장 먼저 정신을 차린 건 서연이다.

"좋아요. 지금껏 하신 말씀이 전부 진실이라면 그렇게 할게요. 근데 솔직히 믿어지지 않아요."

"뭐가 그렇다는 거죠?"

"우선은 Y─엔터에서 우리에게 해준다는 것이 너무 좋아요. 세상에 이런 기획사가 어디에 있어요?"

"맞아요. 지금 소속사는 우리 먹는 것도 아깝다면서 식비도 줄여서 맨날 배가 고픈데."

예린이 반응하자 세란 등도 거든다.

"정말 계약 기간이 3년이에요?"

"맞아요! DK는 최소가 10년이구요, C&R은 12년이에요. 글
구 완전 노예계약이구요. 근데 3년이라고요?"

모두가 진실을 말하라는 표정을 짓고 있다.

"아니에요. 처음엔 3년으로 하려 했는데 7년입니다."

"쳇! 그럼 그렇지."

다들 뾰로통한 표정이 된다. 이때 예린이 나선다.

"54평짜리 숙소도 솔직히 안 믿어져요."

약속이라도 한 듯 따발총처럼 우르르 쏟아낸다. 현수는 말
없이 경청하고 있고, 조 지사장은 좌불안석이다.

자칫 불쾌하게 느껴질 수도 있기 때문이다. 그렇게 2~3분
의 시간이 흘렀다.

"계약 기간부터 이야기할게요. 나는……."

현수가 입을 열자 다들 귀를 쫑긋 세운다. 진짜 중요한 이
야기이고 진실 여부를 판별할 상황인 것이다.

"여러분이 원하면 계약서 공증을 할게요. 공정증서 알죠?"

"공정증서요? 그게 뭐죠?"

어찌 이런 걸 정확히 알겠는가! 하여 간단히 설명했다.

"공증과 공정증서는요……."

참고로 공증(公證)은 특정한 사실, 또는 법률관계의 존재를

공적으로 증명하는 행정 행위이다.

공정증서는 공증인이 작성한 법률 행위, 또는 사권(私權)에 관한 사실을 내용으로 하는 증서로서 강력한 증거력이 부여되는 공문서이다.

잘못되면 스스로 법적 처벌을 받겠다는 말을 들은 멤버들은 자신들이 잘못 생각한 것인가 하여 갸우뚱했다.

이때 서연이 현수의 여권을 들어 보이며 입을 연다.

"좋아요. 그건 믿죠. 근데 말씀하신 분이 하인스 킴 본인이란 건 어찌 믿죠? 요즘은 기술이 좋아서 이런 여권 같은 건 얼마든지 만들 수 있다고 들었어요."

현수는 기분이 좋아졌다. 다른 혼들리는데 서연이 이렇듯 냉정하게 생각하고 있음이 마음에 든 것이다.

Chapter 13
—
이제 믿을 만해요?

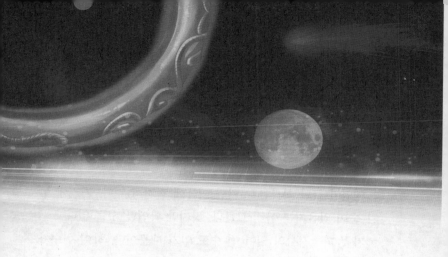

"흐음! 어떻게 해야 믿을 수 있을까요?"

말을 마치고 빙그레 웃어 보였다.

"그건 본인이 증명하셔야 할 거 같아요."

연진도 냉정함에 동조하고 있다. 현수는 잠시 생각하였다.

"…그렇죠? 좋아요. 그럼 홀로 나오세요."

현수가 먼저 문을 열고 나가자 우르르 따라나선다.

그러면서도 멤버들은 출입구를 확인했다. 여차하면 튀려는 예비 행동이다.

오늘 현수와 조 대표에게 속으면 어쩌면 순결을 잃게 될 수도 있다. 그리고 그것으로 끝나지 않고 계속해서 절망의 구렁텅이에 빠져 신음하는 날들이 시작될 수도 있다.

멤버들 모두 정조에 대해 고지식한 기준을 가지고 있기에 잘못되면 목숨을 끊는 일이 일어날지도 모른다.

따라서 조금이라도 아니다 싶으면 즉시 도망가려고 출입구를 살핀 것이다.

영업이 끝난 복도는 시커먼 어둠에 잠겨 있었다. 거기에 누가 숨어 있을지는 아직 모른다. 하지만 확인할 수는 없다.

자칫 타초경사의 일이 될 수도 있기 때문이다. 하여 현수가 이끄는 대로 따라갔다.

홀 가장 안쪽에 그랜드피아노 한 대가 있다. 이번에 공사를 하면서 중고를 사들인 것이다.

딸깍, 딸깍, 딸깍—!

현수가 스위치를 조작하자 모든 조명이 어두워지는 대신 피아노 건반을 비추는 스포트라이트만 밝아진다.

띵, 띵, 띠리링~!

현수는 가볍게 몇 개의 건반을 두드려 보았다. 며칠 전 조율했으니 당연히 정음이 나온다.

현수는 의자를 당겨 그 위에 앉아 건반에 손을 올렸다.

♪♫♪~ ♪♫~

요즘 유튜브를 뜨겁게 달구고 있는 '지현에게'의 전주가 홀

러나오자 모두의 눈이 크게 떠진다.

아직 악보가 없는 곡이기 때문이다.

다들 피곤한 듯싶어 마나를 실어 연주하려 했지만 휴먼하트가 말을 듣지 않아 그건 포기했다.

'쩝! 언제쯤 회복이 될지……'

이런 생각을 하며 노래를 시작했다.

"……!"

다들 멍한 표정이다. 그리고 정도의 차이는 있지만 모두 입을 벌리고 있다.

'세상에… 진짜였어! 진짜 하인스 킴이야!'

'헐! 진짜 하인스 킴이야! 아아, 이 음성……!'

'끄응! 괜히 의심했잖아. 이 바보!'

'세상에… 맙소사! 으으! 너무나 감미로워!'

'나 어떻게 하지? 내가 녹아내리는 거 같아!'

지현에게의 연주가 끝났는데 모두들 말이 없다. 그리고 모두의 눈에서 하트가 뿅뿅 뿜어져 나오는 듯하다.

"어때요? 이제 믿을 만해요?"

현수가 싱긋 미소 짓자 서연을 비롯한 모두의 뇌리에 깊은 화인(火印)이 남겨졌다. 분명 사랑의 시작이다.

"네에!"

이구동성으로 같은 소리를 냈지만 마음은 각각 달랐다.

'미치도록 사랑해요', '아아, 내 사랑', '날 가져요', '저를 꼭 안아주세요' 등이다.

오늘 이 자리에서 순결을 잃어도 좋다는 마음을 가졌다는 걸 현수는 모른다.

현수는 피아노 앞에 앉은 채 말을 이었다.

"지사장님, 다이안 계약 기간은 7년입니다."

"네, 사장님!"

현수와 조연의 대화이다.

"전에 말한 대로 경비 뺀 수익 배분율을 7대 3으로 하시고, 음반은 4개월마다 내는 걸로 잡으세요. 3개월은 활동이고 1개월은 휴식입니다."

"정말요? 정말 넉 달에 하나씩 음반을 내요?"

대화에 끼어든 건 리더인 서연이다. '지현에게'와 '첫 만남' 만으로도 가요계에 깊은 족적을 남길 수 있다.

어쩌면 가요계에 길이 남을 '레전드'가 될 수도 있다.

그만큼 뛰어난 곡이다. 그런데 그런 걸 매 4개월마다 발표하자고 한다. 현수는 대답 대신 건반에 시선을 주었다.

♪♫♪～ ♪♫♪～ ♪

In the moonlight의 전주에 이어 노래가 흘러나온다.

달빛에 젖어 사랑하는 연인과 헤어진 슬픔과 그리운 마음을 서정적으로 풀어낸 가사이다.

'…아아, 저 품에 안겨봤으면……'

'아아! 녹는다, 녹아! 내가 녹는 거 같아!'

'오늘 날 가지라니까요. 아아! 안아주세요!'

'세상에, 너무 감미로워. 어떻게 이러지?'

'흐음! 날 사랑해 줘요. 내 모든 걸 드릴게요.'

이번에도 각각 다른 생각을 하며 멍한 표정이다. 이런 생각을 하고 있을 때 다른 곡이 이어진다.

♬~ ♪~ ♪♬♪~ ♪♬♪~

'사랑하는 그대'라는 곡이 연주되자 멤버들의 눈이 지그시 감긴다. 현수가 고백하는 듯한 느낌을 받은 때문이다.

훗날 이 곡은 청춘남녀의 청혼곡으로 사랑을 받게 된다.

한 곡이 끝나면 또 다른 곡이 시작되기를 몇 번이나 되풀이되었다. 그렇게 열 곡을 연주한 후에야 멈췄다.

서연을 비롯한 멤버 모두 사랑에 빠진 얼굴이 되었다.

현수의 피아노 연주 솜씨와 부드러운 음색, 그리고 감미로운 멜로디에 홀딱 빠져버린 것이다.

"자, 이제 자리로 돌아갈까요?"

"네에."

현수의 말이 떨어지기 무섭게 멤버들 모두 제 발로 룸으로 들어가 가장 안쪽에 앉는다. 상대가 현수라면 순결 따윈 얼마든지 내줘도 좋다고 생각한 것이다.

모두 자리를 잡자 현수가 입을 연다.

"조금 전에 들은 것 이외에도 여러 곡이 더 있어요. 두 곡씩 음반을 내는 걸로 해요."

"찬성입니다."

음악에 깊은 조예가 없어 스스로 '막귀'라 자처하는 조 지사장이 가장 먼저 찬성했다. 지금껏 들어본 노래 중 가장 좋은 열 곡이라는 생각 때문이다.

"저도요."

"저도 좋아요."

다이안 멤버들도 같은 모양이다. 모두가 찬성이다.

"3개월 활동, 1개월 휴식 원칙을 지켜주세요. 참, 아일랜드 데프 잼 레코딩스와의 계약은 말씀하셨나요?"

"아뇨, 아직……."

조 지사장은 아직도 20집 3,000만 달러가 실감나지 않는다. 그래서 이야기하지 않았다.

멤버들이 사기라면서 자리에서 벌떡 일어날 것만 같아서이다.

"……?"

모두의 시선이 또 쏠린다.

"여러분을 만나기 전에 아일랜드 데프 잼 레코딩스의 계약 담당 수석매니저 올리버 캔델과 사전 조율한 내용이……."

현수로부터 설명을 들은 다이안 멤버들 모두 벌겋게 상기된 표정이다. 상상도 못한 일이 이미 확정되어 있으니 어찌 안 그렇겠는가!

"아아, 사장님⋯⋯!"

서연이 불러놓고 잠시 말을 잇지 못한다. 이에 왜 그러느냐는 표정을 지었다.

"네? 왜요?"

"아아! 사랑해요! 사랑해요!"

뭉클―!

가슴에서 느껴지는 뭉클함을 채 느끼기도 전에 등에서도, 옆구리에서도 유사한 느낌이 전해져 온다.

다섯 명의 여인에 둘러싸인 현수를 본 조 지사장은 엉뚱한 생각을 한다.

'남아공이 일부일처제인가, 일부다처제인가?'

일부다처제를 법 조항으로 명문화한 국가는 48개국이고, 관습법으로 널리 인정하는 나라는 10여 개국이다.

대부분은 이슬람 지역인 중동과 아프리카에 몰려 있다. 이슬람의 경전 코란이 일부다처제를 인정하는 것이 배경이다.

남아공에서는 백인은 일부일처제이지만 흑인은 일부다처제가 법적으로 허용되고 있다.

백인이 아내 외에 다른 여자를 만나면 불륜이지만, 흑인은 능력으로 대접받는 문화라 그러하다.

현수는 백인도 아니고 흑인도 아니다.

그런데 남아공 프리토리아 고등법원에서 2008년 6월 18일에 이색적인 판결을 내린 바 있다.

'동양계'를 법률상 '흑인'의 범주에 포함시킨 것이다.

이로써 취업과 승진, 그리고 계약 체결 등과 관련된 각종 혜택을 누릴 수 있게 되었다.

이는 백인 정권 시절에 있던 '흑인 차별정책'으로 인해 초래된 경제적 불평등을 시정하기 위해 제정된 법률 덕분이다.

그동안엔 '흑인'과 '흑백혼혈', 그리고 '인도계'로 한정돼 왔는데 새롭게 '동양계'가 추가된 것이다.

어쨌거나 남아공에 가면 현수는 법률적으로 '흑인'이다. 따라서 여러 아내를 거느려도 불륜이라 손가락질 받지 않는다.

제이콥 주마(Jacob Zuma) 남아공 대통령은 다섯 번 결혼했다. 그리고 흑인 네 명 중 한 명은 두 명 이상의 부인이 있다.

일부다처제가 허물이 될 수 없는 사회인 것이다.

'흐음! 한번 자세히 알아봐야겠어.'

조 지사장은 멤버들의 행복해하는 표정을 눈여겨보았다. 다들 진심으로 현수에게 매혹당한 듯하다.

쪽ㅡ! 쪽! 쪽~! 쪼옥! 쭈압ㅡ!

현수의 두 뺨에 다섯 번의 입술 박치기가 시도되었고, 모두 성공하였다. 그중 마지막은 흡입력이 상당히 강했다.

그 뒤를 이어 자신의 입술을 노골적으로 노리고 다가오는 붉은 입술을 본 현수는 얼른 한 걸음 물러섰다.

"잠깐만! 잠깐만요!"

"……!"

왜 좋은 분위기를 깨느냐는 시선이 몰려든다.

"모두 자리에 앉아주세요. 할 말이 더 있습니다."

달아올랐던 분위기는 이미 깨졌다. 짧은 순간 이성을 잃고 달려들었음을 깨달은 멤버들이 얼른 자리에 앉았다.

늘 냉정하던 서연의 볼이 가장 붉다.

현수의 연주와 노래를 듣고 영혼까지 반했다. 하여 저도 모르게 진한 키스를 하려던 마지막 입술의 주인공이다.

'미쳤어! 미쳤어! 어휴! 내가 진짜 미쳤어!'

서연은 현수와 시선을 마주칠 수가 없다.

그러면 오늘 밤 자신을 안아달라고 속삭이려던 속내를 고스란히 들킬 것만 같아서이다.

"조금 전에도 말했듯이 아일랜드 데프 잼 레코딩스, 줄여서 데프 잼에서 상당한 계약금이 들어올 예정이에요."

"……!"

돈 이야기이다.

케이원 엔터에서 분배해 준 건 이미 다 써버렸고, 다음 소속사에선 한 푼도 받지 못한 상태이다.

당연히 곤궁한 처지이다.

가족들도 이젠 돈도 안 되는 거 그만하고 집으로 돌아와 공부를 하던지 취직하라고 성화를 부리고 있다.

그럼에도 응하지 않은 건 한 가닥 희망 때문이다.

지난 2014년 8월에 '걸스데이' 멤버 혜리가 '진짜 사나이 여군 특집'에 출연한 바 있다.

그리고 훈련소를 퇴소하면서 훈련을 맡은 분대장과 마지막 인사를 나누는 장면이 방영되었다.

분대장이 '고생 많이 하셨습니다'라고 하며 손을 내밀자 혜리는 울먹이며 '수고하셨…'이라며 말을 잇지 못했다.

이에 분대장이 '말 바로 합니다'라고 하자 혜리는 울먹이며 '수고하셨습니다'라고 대꾸하였다.

분대장이 다시 '울음 그칩니다'라고 하자 혜리는 '흐이잉!'이라고 울먹이며 고개를 좌우로 흔들었다.

10초 남짓한 이 짧은 영상은 '혜리 앙탈'이란 명칭이 붙었고, 인터넷에 널리 퍼졌다.

덕분에 걸스데이의 인지도가 수직 상승했다.

아무도 예상치 못한 일이다.

어쨌거나 단 한 번의 기회를 잡은 혜리는 상당히 많은 CF에 출연하게 되었고, 최근 종영된 '응답하라 1988[13]'에 '덕

---

13) 응답하라 1988 : tvN에서 2015. 11. 06.~2016. 01. 16.에 방영된 20부작 드라마

선' 역으로 출연하여 많은 인기를 얻었다.

'EXID' 란 5인조 걸그룹이 있다.

처음엔 6인조였는데 데뷔한 지 한 달 만에 표절 시비가 붙어 곧바로 활동을 접어야 했다.

곧이어 메인보컬, 서브보컬, 비주얼 담당이 탈퇴했다.

그래도 팀은 없어지지 않았다. 3년은 두고 보자고 만든 그룹이기 때문이다. 3년이나 활동했지만 결국 망했다.

프로듀서는 마지막으로 싱글 하나만 더 내고 끝내자고 했다. '위아래' 라는 곡이다.

초반 반응은 완전 시큰둥했다. 음원 차트 100위권에도 들지 못할 정도로 철저하게 외면 받았다.

실제로 3주 활동 후 방송도 접어야 했다.

마지막으로 팬미팅을 했는데 고작 15명 정도 왔을 뿐이다. 걸그룹 팬미팅이 맞나 의심이 갈 정도로 초라했다.

으레 내놓는 다과도 없고 멤버들이 앉을 의자도 없었다.

팬들은 공원 돌계단에 앉아 있었고, 뒤쪽엔 누가 뭘 하든 상관없다는 듯 농구에 열중인 사람들도 있었다.

모두들 EXID는 완전히 끝났다고 했다.

그런데 팬미팅 때 '하니' 를 찍은 직캠이 유튜브 올려졌다. 그리고 얼마 지나지 않아 역주행이 시작되었다.

결국 100위 권 밖에 있던 '위아래' 가 음원 차트 1위에 오르는 기염을 토했다. 아울러 EXID는 완전히 기사회생했다.

또 다른 예를 들자면 '프로불참러'라는 별명으로 불리던 조세호이다. 방송 생활은 꽤 오래했지만 그다지 큰 인기를 끌지 못한 인물이다.

그러던 2015년의 어느 날 '세바퀴'라는 프로그램에서 '결혼식에 왜 안 왔느냐?'는 물음에 '모르는데 어떻게 가요?'라며 몹시 억울한 표정을 지었다.

조세호는 이 한 마디로 떠서 '우리 결혼했어요' 등 여러 프로그램에서 활발히 활동 중이다.

방송에선 이 같은 우연한 기회가 생길 수 있다.

*　　　　　*　　　　　*

다이안이 해체되고 각각 다른 소속사로 옮겨갈 때 다들 성공해서 나중에 꼭 다시 다이안을 결성하자고 했다.

학교로 돌아간 연진도 언젠가는 다시 합류하겠다고 약속했다. 그런데 연예인 성상납 기사가 떴다.

소속사는 졸지에 공중 분해되었고, 살고 있던 숙소는 비워달라는 통보를 받았다. 동료 연예인들은 소속사를 상대로 계약 해지 통보를 하고 뿔뿔이 흩어졌다.

다이안 이후 또 한 번의 해체를 경험하게 된 것이다.

서연과 세란, 예린과 정민은 절망감을 느꼈다. 돈은 없고 소속사는 분해되어 버렸다.

거기에 속해 있었다는 이유만으로 세인의 손가락질을 받았는데 어느 기레기가 확대 운운하는 기사를 올렸다.

서연은 SSS급, 세란, 정민, 예린은 SS급이라면서 돈이 얼마라는 것까지 알려졌다.

졸지에 몸 팔러 다닌 여자가 된 기분이다.

그러나 어쩌겠는가!

세란 등은 이제 소속사조차 없는 일반인 신분이다.

억울한 일을 당했을 때 이를 적극적으로 해명하거나 대응해 줄 매니저나 법무팀이 있는 것도 아니다.

집에서는 이제 그만하고 돌아오라고 하였다. 그러던 차에 조 대표를 만났고, 오늘 하인스 킴을 만났다.

사기인가 했는데 확실히 아니라는 것을 감 잡았다.

처음 듣는 순간부터 마음 설레게 한 '지현에게' 와 '첫 만남' 못지않은 명곡만 열 곡이나 들었다.

이 곡들을 부를 수만 있다면 다이안은 이제 '불행 끝, 행복 시작' 이다.

그런데 이미 해외 음반 계약까지 되어 있다고 한다.

계약금만 3,000만 달러라는데 한국 돈으로 물경 363억 6,000만 원이다. 상상도 못해본 거금이 겨우 계약금이다.

음반 수익은 데프 잼과 Y—엔터가 4대 6이라고 한다. 회사와 멤버는 3대 7이다.

해외에서 얻은 수익이 1억 원이라면 데프 잼이 4,000만 원, Y—엔터는 6,000만 원을 갖는다.

참고로 데프 잼은 4,000만 원으로 이벤트와 홍보비 등 제반 비용을 지출한다.

Y—엔터 몫인 6,000만 원 중 회사는 1,800만 원, 멤버는 4,200만 원이다.

멤버가 다섯 명이니 공평히 분배하면 1인당 840만 원이 지급된다는 뜻이다.

그런데 아일랜드 데프 잼 레코딩스 같은 초대형 회사가 1년에 겨우 1억 원의 수익만 올리겠는가!

저스틴 비버는 1년에 대략 900억 원 정도를 번다.

다이안은 저스틴 비버를 훨씬 능가하는 수익을 올릴 것이다. 현수는 대략 1인당 500억 원 이상으로 예상하고 있다.

어찌 되었든 현수의 입에서 돈 이야기가 나오려 한다.

멤버들은 메마른 논에 시원한 물을 붓는 말이길 빌며 시선을 고정했다.

"데프 잼에서 들어오는 계약금은 363억 6,000만 원 정도 됩니다. 나는 7년 전속 계약에 대한 계약금으로 1인당 21억 원씩을 지급하려고 합니다."

7년 21억이면 1년에 3억이다. 매월 2,500만 원 꼴이다. 상장 회사 임원의 1년 연봉일 수도 있는 금액이다.

현수의 말이 떨어지기 무섭게 모두의 표정이 확 바뀐다.

"헐!"

"저, 정말요?"

"정말 우리한테 21억 원씩 주신다고요?"

"끄응! 예린아, 이거 꿈이지?"

"정민, 정신 차려! 꿈이 아냐!"

로또 1등이 되어도 21억 원을 못 받는 경우가 허다하다. 그런데 그런 돈을 계약금으로 준다고 한다.

서연은 슬쩍 허벅지를 꼬집어보았다.

'으읏!'

많이 아프다. 꿈인가 싶어 너무 세게 꼬집어서 그렇다.

이때 현수의 말이 이어진다.

"계약금은 데프 잼에서 송금되는 대로 이를 환전하여 여러분의 계좌로 송금할 것이니 계약서 작성 시 계좌번호를 꼭 기입하기 바랍니다."

"저, 정말 그 많은 돈을 주신다는 거죠?"

돈 때문에 여러 알바를 전전해야 했던 연진이 가장 먼저 묻는다.

"네, 1인당 21억 원 맞습니다. 다만, 그것에 대한 사업소득세는 여러분이 내야 합니다."

"아, 세금……."

얼마나 될지는 모르지만 계약 금액이 크니 내야 할 세금도 크다 생각하는지 일단은 내기 싫다는 표정이다.

"21억 원이라도 전속 기간이 7년이라 1년에 3억입니다. 월 2,500만 원쯤 받는 걸로 계산이 될 겁니다. 자세한 건 법무팀이 꾸려지면 알려주도록 하겠습니다."

"와아, 법무팀도 생겨요?"

예린이 귀를 쫑긋 세운다.

"그럼요. 여러분을 서포트하려면 당연히 있어야죠. 그리고 여러분뿐만 아니라 혹시라도 집안에 무슨 일이 있으면 적극적으로 나서서 돕도록 하겠습니다."

문득 생각이 나서 한 말이다.

'주효진 변호사는 잘 있겠지.'

"헹! 돈이 들어오면 그걸 어떻게 하죠?"

부모 모두 대학교수라 가장 먹고살 만한 예린의 말이다.

"내가 돈을 대신 관리해 줄 수 있을 겁니다."

"사장님이요?"

모두들 놀란 표정을 지을 때 현수가 입을 연다.

"우리 회사는 무차입 경영을 원칙으로 합니다. 다시 말해 외부에서 돈을 빌릴 생각이 없습니다."

자신들에게 21억씩 지급해도 258억 6,000만 원이나 남으니 당연한 이야기다.

"그렇다고 하여 번 돈을 멍청하게 계좌에 넣어두는 일도 하지 않을 겁니다."

"그럼 어떻게 하시려구요?"

조 지사장의 물음이다. 직접적으로 돈을 만질 사람이므로 관심을 갖지 않을 수 없을 것이다.

"돈은 굴리면 굴릴수록 커진다는 말 들어봤죠?"

"네."

예린의 대답이다.

"내게 맡기면 잘 굴려서 더 큰 돈이 되도록 하죠. 자세한 이야기는 나중에 합시다."

"네."

모두가 관심 있어 하는 얼굴로 고개를 끄덕인다.

"지사장님, 계약서 준비되셨죠?"

"그럼요."

조연 지사장이 가방 속에서 계약서를 꺼냈다. 이때 스타크래프트 밴 카탈로그가 같이 딸려 나왔다.

"어머, 이거 스타크래프트 밴이다. 맞죠?"

눈썰미 좋은 세란의 말이다.

"아니. 그건 2015년식 이후로 국내에 수입되지 않아."

계약서를 다섯 세트로 분류하던 조 지사장의 무뚝뚝한 대답이다. 멤버별로 나눠야 해서 집중이 안 된 탓이다.

"그래요? 그럼 이건 뭐예요? 똑같은데……."

"아, 그건 신형인데 익스플로러 밴이라고 해."

"그래요? 이거 엄청 비싸죠?"

"그럼! 1억 3,000만 원쯤 해. 등록 비용은 별도고."

계약서 분류를 마치고 인주와 인감을 꺼내면서 한 말이다.

"헐! 우린 언제 이런 차 타보죠?"

예린의 말이다.

케이원 소속일 땐 2006년식 스타렉스 9인승을 타고 다녔다. 멤버가 다섯인데다 스태프까지 동승하면 몹시 좁았다.

그런 상태로 대구, 부산, 울산, 인천, 대전, 광주, 전주까지 오가려면 미칠 지경이었다.

"곧 타게 될 거야. 11인승으로 주문해 놨으니까."

"어머! 진짜요?"

모두의 시선이 쏠린다.

"그래. 어제 주문했어. 회사는 너희를 서포트하려고 만반의 준비를 하는 중이야. 녹음실까지 다 갖추려면 며칠 걸린다니까 그동안은 본사 구경이나 하고 와."

"헐! 본사요? 거길 구경 가요? 외국이잖아요."

"그래, 바하마라고 했어."

"바하마가 어디쯤이죠?"

"미국 플로리다 반도 남쪽이야. 마이애미에서 가깝지."

조 사장의 대답에 서연이 눈빛을 빛낸다.

"진짜요? 그럼 아까 보여준 그 사진 속 저택으로 우리가 놀러 간단 말이에요?"

"정말요? 정말요? 정말요?"

소풍 가기 전날 설레는 것처럼 다들 야단이 났다.

"거기서 며칠 쉬다 오면 다 준비되어 있을 거야."

"와아! 신난다!"

"으와아! 최고다! Y—엔터!"

"사장님, 사랑해요!"

"저도요! 사장님, 저랑 결혼해요!"

"무슨 소리? 사장님은 나랑 결혼할 거야."

다들 난리가 났다. 방방 뜨며 환히 웃는다.

'그래, 이래야 보기 좋지.'

다들 스물넷이라 상큼하고 발랄하며 예쁘다.

*   *   *

"자, 이것으로 다이안은 다시 결성된 거야."

계약서 날인이 모두 끝났을 때 조 지사장이 한 말이다.

"네!"

모두들 신난 병아리처럼 큰 소리로 대답한다.

"너희들, 다이안 뜻이 뭐라고?"

"다이안은 D, I, A, N! '다이아몬드처럼 귀한 사람'이라는 뜻입니다."

"그래, 이제 다이아몬드처럼 반짝일 날만 남았다. 다들 행동 조심하는 거 알지?"

"에에, 또 잔소리하려구요?"

"쳇! 지겨워. 한 소리 또 하고 또 하고……."

"그러게. 우리가 뭐 초딩인가? 차 조심 뭐 이딴 걸……."

조연이 케이원 대표일 때 잔소리깨나 했는지 다들 떫은 표정이다. 하지만 서연은 아니다.

"딴 건 다 몰라도 이것 하나만은 꼭 지킬게요."

모두의 시선이 쏠린다. 서연은 빙그레 미소 짓고 있는 현수를 바라보며 입을 연다.

"절대 연예인과 연애하지 않겠습니다. 절대 외부 인사와 연애하지 않겠습니다."

"…야, 나도 그거 맹세하려고 했어."

정민이 벌떡 일어서자 연진도 벌떡, 예린도 발딱이다.

"나도!"

"나도 연진이와 같아요."

"저도 절대 연예인과 결혼하지 않겠습니다. 절대 외부 인사와 결혼하지 않겠습니다."

마지막으로 일어난 세란의 폭탄 발언이다.

"헐!"

모두들 기가 차다는 표정이다. 연애에서 아예 몇 발짝 더 나간 발언이기 때문이다.

"끄응!"

계약서를 챙겨 넣던 조연 지사장이 낮은 침음을 낸다.

'남아공이 일부다처제인지 아닌지 진짜 알아봐?'

조연 지사장이 생각하기에도 현수는 괜찮은 신랑감이다.

겉보기는 25세이지만 실제 나이는 31세로 결혼 적령기다. 남아공에서 의사 면허를 받았고 인턴 과정까지 마쳤다.

한국인에게 아프리카 국가를 생각해보라고 하면 대부분 '빈곤과 기아'를 떠올린다.

80년대 영화 '부시맨'이 남아공을 배경으로 한 것을 감안하면 야생동물이 우글거리는 곳으로 생각할 수도 있다

하지만 '케이프타운[14]'을 가보면 유럽의 한 곳이라는 느낌이 물씬 들 것이다

2007년에 이미 화상통화가 가능했고, 휴대폰 보급률은 92%를 상회한다.

이곳의 냉장고, 에어컨 등 백색가전의 구매력은 한국에 비해 더 높다고 평가되기도 했다

마지막으로 남아공의 의료수준은 세계각지에서 의료관광을 할 정도로 뛰어나다.

행정수도 프리토리아에는 UP(University of Pretoria)와 UNISA(University of South Africa)가 있다.

한국으로 치면 UP는 '서울대학교', UNISA는 '카이스트'

---

14) 케이프타운(Cape Town) : 남아프리카 공화국 남서부, 웨스턴케이프 주의 주도, 항만도시이 나라 의회 소재지

라고 생각하면 된다.

UP는 세계 50위 내의 대학교로 평가된다.

특히 UP 의대는 세계 최초로 심장이식 수술을 시도하여 성공시킨 바 있다.

『전능의 팔찌』 2부 2권에 계속…